# 상페의 음악

이 책은 실로 꿰매는 정통적인 사철 방식으로 만들어졌습니다.
사철 방식으로 만든 책은 오랫동안 보관해도 손상되지 않습니다.

# 상페의 음악

장자크 상페 지음

양영란 옮김

미메시스

우리는 그의 선택에 환호해야 할까, 아니면 안타까워해야 할까? 물론 우리 각자는 당연히 자신만의 의견을 가질 수 있다. 암튼 그런데, 이미 수천 장이 넘는 데생을 그려 낸 장자크 상페는 맥 빠지게도 자신은 음악가가 되는 편이 좋았을 거라고 고백한다. 그리고 모든 정황으로 보건대 아무래도 그 말이 진심이라는 생각이 든다.

어느 날 저녁, 부모님의 라디오를 통해서 몰래 폴 미스라키[1]를 듣고 난 후부터, 그가 드뷔시[2]의 「달빛Clair de Lune」 때문에 〈돌연 미쳐 버린〉 후부터, 그가 듀크 엘링턴[3]과 〈정신없이 사랑에 빠진〉 후부터, 그가 보르도에서 매주 드나들었던 청소년 선도 회관의 피아노 앞에 앉아 거슈윈[4]의 「내가 사랑하는 남자The Man I Love」를 성공적으로 연주하고 난 후부터, 소년 상페는 자신의 인생을 꿈꾼다. 언젠가 레이 벤투라[5] 악단의 일원이 되는 자신을 상상한다.

가정 환경 때문에 선택의 여지가 없었던 그는 파리 일간지에 유머러스한 삽화

---

1 　Paul Misraki(1908~1998). 프랑스 대중가요 및 영화 음악의 작곡가로 60년간 130편의 영화 음악을 만들었다. 이하 모든 주는 옮긴이의 주이다.

2 　Claude Achille Debussy(1862~1918). 프랑스의 작곡가. 바그너와 상징파 시인의 영향으로 몽환의 경지를 그리는 인상파 음악을 창시하였다.

3 　Duke Ellington(1899~1974). 미국의 재즈 피아니스트이자 작곡가.

4 　George Gershwin(1898~1937). 미국의 작곡가이자 피아니스트. 대중적인 경음악을 작곡했다.

5 　Ray Ventura(1908~1979). 스페인에서 출생했지만 프랑스를 대표하는 재즈 피아니스트이자 오케스트라 지휘자. 1930년대 프랑스의 재즈 대중화를 일으켰다.

를 게재하는 길로 진로를 잡게 되고, 그것들을 모아 초기 작품집으로 출판하며 『뉴요커』와도 일하게 된다. 〈우리는 누구나 자신의 직업을 결정해야 하는 순간 불안에 휩싸이지. 할아버지를 얼싸안듯 자신의 직업을 품에 안을 수는 없는 노릇이니까〉라고 앙드레 오르네[6]도 노래하지 않았던가…….

성공이 열정을 지워 버리는 건 아니다. 과거와 마찬가지로 오늘날에도 장자크 상페는 그의 〈인생을 구원해 준〉 자들에게 변함없이 충성스럽다. 듀크 엘링턴, 클로드 드뷔시, 모리스 라벨[7] 그리고 그가 대놓고 사랑을 고백하는 샤를 트레네,[8] 폴 미스라키, 미레이유,[9] 미셸 르그랑[10]은 두말할 필요도 없고.

매우 확고한 취향이 반영된 그의 이 단호한 선택에 어리둥절할 수도 있는 독자들이 있다면, 이 책에 나오는 미발표 그림들이 상페의 재능과 그가 사랑하는 음악 사이의 내밀한 관계를 새삼 확인시켜 줄 것이다. 곳곳에서 감탄할 만한 선의가 데생의 한 획 한 획을 이끌며, 가벼움이 부드럽게 전체 분위기를 장악하고, 유쾌함이 절망감을 통감하게 한다. 요컨대 그 그림들 속에는 판타지와 꿈이 한데 어우러져 있다.

그가 걸어온 예술가로서의 궤적을 기뻐해야 할까, 아니면 안타까워해야 할까? 스스로를 기꺼이 〈그림 그리는 문필가〉로 정의하곤 했던 사울 스타인버그[11]의 말을 빌려 이 질문에 감히 대답해 보자면, 상페는 〈그림 그리는 음악가〉라고 할 수 있을 것이다. 그리고 스윙이 넘치는 삽화가이다.

마르크 르카르팡티에

6    André Hornez(1905~1989). 프랑스의 작사가. 그의 첫 가사는 폴 미스라키가 작곡했으며, 레이 벤투라와는 많은 영화 음악을 만들었다. 1947년에 발표한 「세 시 봉 C'est si bon」으로도 유명하다.

7    Joseph Maurice Ravel(1875~1937). 프랑스의 작곡가. 작품은 인상주의의 기초 위에서 고전적인 형식미와 다성적 기법을 구사하여 에스파냐풍의 정서도 드러낸다.

8    Charles Trenet(1913~2001). 프랑스의 샹송 가수이자 작곡가로 거의 1천 곡에 가까운 음악과 가사를 만들었다. 재즈 요소를 샹송에 도입한 가수로도 유명하다.

9    Mireille Mathieu(1946~ ). 20세 때 데뷔해 프랑스의 국민 가수로 불리는 샹송 가수.

10    Michel Legrand(1932~2019). 프랑스의 작곡가. 1964년 영화 「셰르부르의 우산」의 음악을 작곡하였고, 아카데미상 영화 주제가상을 두 번이나 받았다.

11    Saul Steinberg(1914~1999). 루마니아 출신의 미국 만화가이자 일러스트레이터로 『뉴요커』의 표지를 많이 그렸다. 단순하지만 강렬한 드로잉이 특징이다.

〈나는《난 파리에 갈 거야,
난 레이 벤투라와 친구가 될 거야,
그의 악단 연주자들이 나한테 음악을 가르쳐 줄 테고,
난 그들과 같이 연주하게 될 거야》라고
생각하곤 했습니다.〉

# 「스윙이 없으면 아무런 의미가 없죠.」

인터뷰: 마르크 르카르팡티에(프랑스의 저널리스트, 『텔레라마』 전 편집장 겸 대표)

**마르크 르카르팡티에 (L)** 늘 뮤지션이 되기를 꿈꿨다고요?

**장자크 상페 (S)** 물론이죠! 그런데 그 질문은 가톨릭 청소년 선도 회관 애용자였던 나한테 너 혹시 베드로 성자와 친구가 되기를 꿈꿨느냐고 묻는 거나 마찬가지입니다. 당연히 그렇죠, 난 물론 베드로 성자와 친구가 되고 싶었어요. 취향만 같다면 말이죠. (웃음)

**L** 그러니까 자신이 감탄해 마지않는 뮤지션들을 만나 보고 싶었다, 이런 말이로군요? 당신을 황홀하게 만드는 그 음악을 작곡한 사람들을 더 잘 알고 싶어서였나요?

**S** 하루는 내가 미친 짓을 하고 있었습니다. 그게 무슨 짓이었는지는 지금까지도 확실하게 잘 모르겠는데, 암튼 젊은 시절 나한테는 무척이나 중요한 일이었던 건 분명해요. 레코드로 자클린 프랑수아[12]가 부르는 폴 뒤랑[13]의 노래를 들었습니다. 「밤의 무도회 Bal de nuit」였나, 아니 「어떤 뮤지션 Le Petit Musicien」이었나, 하여간 그런 노래였죠. 〈밤의 무도회, 뮤지션은 집으로 돌아오네……〉 뭐 이런 노래였어요. 그런데 레코드가 다 끝나갈 무렵 아주 아름다운 음악 소절이 나오더라고요. 그래서 난 폴리도르 레코드 회사 주소를 알아냈고, 그 주소로 폴 뒤랑에게 편지를 썼죠. 나는 그에게 〈선생님, 자클린 프랑수아의 반주 끝부분에 아주 아름다

---

12  Jacqueline François(1945~1992). 두 번이나 프랑스 디스크 대상을 받은 샹송 가수. 미국의 발라드 창법을 샹송에 접목한 스타일이 특징이다.

13  Paul Durand(1907~1977). 프랑스의 작곡가. 자클린 프랑수아의 대표곡인 「파리의 아가씨 Mademoiselle de Paris」를 작곡하였으며 그녀와 함께 여러 영화 음악을 만들었다.

운 음악 소절이 나오는데, 그 소절만으로도 대단히 멋진 노래가 될 것 같습니다〉라고 적어 보냈어요. 그로부터 몇 년 후, 나는 라디오에서 폴 뒤랑의 인터뷰를 들었는데, 그가 〈언젠가 어떤 분이 나한테 이 음악 소절로 노래를 만들어 보시라〉는 편지를 보냈다고 말하지 뭡니까. 나는 너무 놀랐습니다.

L 그가 당신의 제안을 따랐군요.

S 나 말고 다른 사람들도 그런 말을 했던 모양이죠…….

L 당신은 음악에 미쳐 있으면서도 그림 그리는 일을 합니다.

S 나는 그림 그리는 일을 하는 거 맞습니다. 그런데 왜 그럴까요? 왜냐하면 종이 한 장과 연필 한 자루를 마련하기가 피아노 한 대를 장만하기보다는 훨씬 쉽기 때문이지요.

L 그래도 언젠가는 음악을 하겠다는 희망을 간직하고 있었나요?

S 그렇죠, 그래요, 항상 희망은 가질 수 있어요. 나는 〈난 파리에 갈 거야, 난 레이 벤투라와 친구가 될 거야, 그의 악단 연주자들이 나한테 음악을 가르쳐 줄 테고, 난 그들과 같이 연주하게 될 거야〉라고 생각하곤 했습니다.

L 그런데 이상하게도 당신은 그걸 가능하게 해주는 수단을 강구하지 않았죠. 예를 들어 레이 벤투라에게 편지를 쓸 수도 있었을 텐데요.

S 난 어떻게 해야 하는지 몰랐어요!

L 음악은, 당신의 어린 시절 예정에는 없었군요.

S 그건 내가 엄청 좋아했던 스포츠도 마찬가지였죠. 스포츠도 말입니다, 가령 축구화 같은 장비가 필요합니다. 그러니 그것도 음악처럼 꿈만 꾸었죠. 그래서 축구 대신에 나는…….

L 수영을 했군요.

S 전혀 좋아하지도 않는 데 말입니다.

L 그림을 그릴 때도…… 늘 음악에 대한 꿈을 간직하고 있나요?

S 네, 하지만 그건 아주 다른 세상입니다. 오, 난 음악을 공부하던 젊은이를 두엇 알고 있는데, 둘 다 부유한 가정 출신이었습니다. 그래서인지 나한테는 그게 불가능해 보였죠. 하루는 내가 둘 가운데 한 친구의 집에 갔는데, 그 친구 어머니는 눈이 부시도록 상냥한 분이셨습니다. 정말이지 완전히 다른 세상에 온 거 같았죠.

영화를 보는 것 같더라니까요. 그러니 나한테는 꿈도 꿀 수 없는 거였죠!

L 어떤 악기를 연주하고 싶었나요?

S 피아노. 암, 그렇고말고요. 난 피아노를 너무 좋아해요.

L 하지만 그거야말로 제일 쉬운 악기 중 하나 아닌가요? 음이 이미 다 만들어져 있으니까요……. (숨소리)
트럼펫 같은 건 연주자가 음을 만들어야 하지 않습니까.

S 물론이죠.

L 바이올린도 그렇고.

S 그야 그렇죠.

L 그렇다면 당신은 쉬운 길을 택한 거로군요! (웃음)

S 당신은 그러면 내가 마라카스 같은 걸 연주하면 좋았겠군요? 내가 마라카스……
주자인 편을 선호하는 건가요? 혹시 모를까 봐 설명드리자면, 마라카스는 댄스
홀에서 밴드가 맘보나 볼레로 혹은 삼바를 연주할 때 양념처럼 들어가는 악기입
니다. 디지 길레스피[14]와 협연한 사비에르 쿠가트[15]는 세계적으로 명성을 떨치던
특별한 음악 전문 오케스트라를 이끌었죠. 춤곡을 전문으로 연주하는 오케스트
라였어요. 그런 곡들은 흥겹고 유쾌하죠.

L 춤을 잘 추나요?

S 젬병이죠. 하지만 다른 사람들처럼 나도 새해 첫날이나 결혼식 같은 땐 춤을 추
곤 했습니다.

L 음악은 듣는 걸 더 좋아했나요? 그렇게 해서 선율을 익혔나요? 혹시 절대 음감을
가졌나요?

S 유감스럽게도, 아닙니다! 절대 음감을 가진 사람들은 어떤 음이 기준 음에서 어
느 정도 차이가 나는지 잘 압니다. 절대 음감이란 어떤 멜로디나 소절을 기억하
는 게 아니죠. 그런 건 그저 음악을 들을 줄 아는 거에 불과합니다.

---

14 Dizzy Gillespie(1917~1993). 미국의 재즈 트럼펫 연주자로 알토 색소폰 연주자 찰리 파커와 함께
모던 재즈의 기반이 된 비밥 스타일을 정착시켰다.

15 Xavier Cugat(1900~1990). 스페인 출신으로 미국에서 활약한 라틴 음악 오케스트라의 지도자. 대
중에게 룸바와 삼바를 보급시켰다.

L 당신도 그런 경우에 해당됩니까? 예리한 귀를 가졌는지요?

S 글쎄요! 난 그냥 음악을 들을 줄 아는 정도, 딱 그만큼이죠. 그런데 스스로 음악을 잘 들을 줄 안다고 떠벌리는 사람들을 보면, 좀 웃기지 않습니까?

L 절대 음감이라, 그것 참 인상적입니다…….

S 그건 전혀 상관이 없다니까요! 다시 한번 말씀드리지만, 절대 음감을 가진 사람들은 소리굽쇠가 정확하게 몇 번 진동하는지 그 숫자를 안다, 이런 말입니다. 그건 아주 다른 얘기거든요.

L 난 당최 그런 분야엔 문외한이라서…….

S 난 그런 거라면 신이 나죠. 나도 무슨 소린지 잘 이해하지 못하지만, 그래도 그런 이야기를 들으면 신이 납니다.

L 그러니까 제가 당신에게 「달빛」을 들려주면, 당신은 그걸 연주해 줄 수 있나요?

S 어쩌면 그럴 수도 있겠죠. 하지만 친애하는 마르크, 아마도 그 연주는 너무도 한심해서 눈물이 날 지경일 겁니다! 난 이미 이 세상 사람이 아닌 작곡가에게 그런 괴로움을 강요하고 싶지 않습니다.

L 음악에 대한 당신의 열정에도 불구하고, 당신은 그림만 고집해 왔습니다. 오늘날 이 선택을 후회하나요?

S 암요! 아마도 영원히 후회할 테죠……. 어린아이를 볼 때마다, 내가 그 아이에게 제일 먼저 묻는 질문이 뭔지 아세요? 〈얘야, 넌 음악을 배우니?〉 (……) 솔페지오[16]도 모르는 나 같은 사람은 말하자면 음악 까막눈인데, 까막눈은 정말 끔찍한 겁니다. 물론 나중에라도 배울 수는 있죠. 다만 까막눈 상태에서 벗어나려면 시간이 오래 걸리고 어렵다는 문제가 있습니다! 그건 마치 축구에 대해서 배우려고 『레키프』[17] 첫 상을 읽기로 마음먹는 거나 다를 바 없어요. 〈보르도가 낭트를 3대 1로 이기다, 전반전에 1대 1, 메니외는 레드카드를 받고 퇴장당했다, 파리조는 새로 고쳐 놓은 경기장에서 부상을 당했다…….〉 이런 정도의 문장만 이해하려 해도 한 달은 족히 걸릴 겁니다! 그러니 시작할 필요가 없는 거죠!
그렇기 때문에 음악은 나에게는 미지의 세계로 남아 있을 거예요! 중국어처럼 말입니다.

L 그래도 노력은 해볼 수 있었을 텐데요!

S 세상에나! 난 내가 가진 모든 시간을 그림을 그리는 데 투자했어요. 2프랑 50상팀을 벌기 위해서 말입니다.

L 그렇군요. 그런데 그건 당신의 선택이었나요?

S 아니죠……. 난 당시 세 들어 살던 쪽방의 월세를 내야 했으니까요. 그래서 제일 빨리 돈을 주는 사람에게로 가야 했죠. 그림을 빨리 팔면, 계속 그릴 수 있으니까요.

L 처음 낸 작품집을 보면 음악에 관한 그림이 많지 않던데…… 그건 당신이 음악 같은 건 잊었다, 당시 당신은 유머러스한 삽화에만 매달렸다, 이런 뜻입니까?

S (침묵) 난 음악에서와 마찬가지로 그림에 있어서도 문맹이나 다름없었으므로 무턱대고 그림에 달려들었고, 그러자니 다른 건 제쳐 둘 수밖에 없었습니다.

L 혹시 무대에 서고 싶은 마음이 있었습니까? 악단 연주자는 무대에 서니 말입니다.

S 물론이죠. 난 평생 그러기만 꿈꿔 왔는걸요!

---

16 악보를 보고 음악을 연주하거나 노래를 하는 기초 음악 교육.

17 프랑스 전역으로 배부되는 일간 스포츠 신문.

L 오늘날에도 피아노를 연주하면서 일종의 쾌감 같은 걸 느끼나요?

S 아뇨. 전혀. 난 나 자신이 부끄러워요. 이건 완전 재앙이죠.

L 레슨은 받나요?

S 그래야 조금이라도 연습을 하게 되니까…… 아주 괴롭습니다. 난 피아노 선생님이 올 때마다 연습을 하지 않았다는 사실 때문에 무척 부끄러워요. 애초에 이런 모험은 시작도 하지 말았어야 했는데…….

L 그래도 시작을 하셨잖습니까.

S 유감스럽게도 그렇죠.

L 혹시 겸손함을 익히는 연습이라고 할 수 있을까요?

S 겸손함이 아니라…… 부끄러움이죠! 재능 없을 땐 겸손해지기가 아주 쉽죠. 난 말입니다, 악기를 연주하는 것이 얼마만큼의 노고를 의미하는지 잘 압니다. 음악가가 아니라는 사실은 끔찍하죠. 그윽하기 이를 데 없는 요한 제바스티안 바흐가 언젠가 이렇게 말했습니다. 〈누구든 나만큼 열심히 연습하면 나처럼 잘할 수 있다〉고요. 물론 겸손이 넘치는 말이죠. 하지만 난 그의 말이 틀리지 않다고 생각합니다. 음악이니 연주니 하는 건 무엇보다도 기술의 문제입니다. 그림도 마찬가지고요! 사람들은 언제나 영감을 말하지만, 사실 연습과 노력의 문제인 거죠.

L 바흐에겐 그래도 타고난 재능이 있었죠.

S 아뇨, 아닙니다. 아니 그렇기도 하고 아니기도 해요.

L 재능, 천재성, 이런 게 존재하지 않습니까?

S 웬걸요, 물론 존재하죠. 그렇지만 그 재능을 무럭무럭 키우려면 엄청난 노력과 연습이 필요하죠. 음악도 그렇고 축구도 그렇고요!

L 유머러스한 삽화도 그렇고요.

S 모든 게 다 그렇죠. 그래서 간단한 일이 아닌 거예요. 그 유명한 칼라스[18]도 매일 아침 피아노 앞에 앉았습니다. 물론 자기가 불러야 할 노래 정도는 다 외우고 있었지만, 그래도 가장 이상적인 소리가 찾아질 때까지 몇 시간이고 피아노 앞에

---

18 Maria Callas(1923~1977). 폭넓은 음역과 뛰어난 가창 기교로 수많은 팬들을 매료시킨, 오페라의 전설적인 프리마 돈나이다.

앉아 있었던 겁니다.

L 그러는 당신은 몇 시간이고 작업대 앞에 서서 똑같은 그림을 그리고 또 그리고 하지 않습니까. 연주자들이 같은 곡을 연주하고 또 하고 하듯이 말입니다…….

S 그 비교가 과연 적절한지 잘 모르겠네요. 내 경우엔 말이죠. 한 장의 성공적인 그림, 그러니까 굉장히 맛이 있진 않아도 적어도 먹어 줄 만한 걸 얻으려고 계속하거든요……. 난 나머지 그림들이 얼마나 형편없는지 아니까요. 그래서 버리게 되는 거고요.

L 당신은 뮤지션들이며 오케스트라와 합창단 그림을 수백 장씩 그렸습니다만…….

S 유머러스한 삽화를 그리기 위한 아이디어를 얻으려고 하는데, 좋은 생각이 통 떠오르지 않을 때면, 이거다 싶은 순간이 올 때까지 나는 내가 사랑하고 약간 부러워하기도 하는 익명의 아마추어 뮤지션들에게 찬사를 보내곤 하죠. 말하자면 그리로 도피하는 거죠. 그날그날 기분에 따라 피아노 연주자, 색소폰 연주자, 첼로 연주자, 아코디언 연주자 들에게 나 나름의 방식에 따라 경의를 표한다는 뜻입니다.

L 연습만 열심히 하면 결국 뮤지션이 될 수도 있지 않겠어요?

S 우선 내 나이를 생각해야죠. 그리고 무엇보다도 그 계획에 방해가 되는 돌발 변수가 항상 생길 수 있습니다. 갑자기 전화가 온다거나 급히 해결해야 할 일이 생긴다거나 소포가 도착하거나…….

L 하지만 당신은 늘 한결같이 말하잖습니까? 그림 그리는 사람보다는 음악 하는 사람이 되고 싶었다고 말입니다.

S 그야 물론이죠, 친애하는 마르크! 내 말에 좀 놀란 모양인데, 난 정말이지 음악가가 되지 못한 게 마음 깊이 후회스러워요. 심지어 피아노 건반을 딩동 치다 보면 몹시 불행하면서 동시에 수치스러워요. 아, 진심입니다, 나에겐 음악보다 더 좋은 건 없어요!

L 음악은 유머러스한 그림보다 훨씬 더 섬세합니까?

S (웃음) 그건 비교할 수 없습니다. 당신이 보잉에서 만든 비행기와 내가 만들어서 날려 보려고 하는 조그만 종이비행기를 비교하겠다면, 그거야 당신 마음이지만 난 그런 이야기를 하느라 아까운 시간을 허비하고 싶은 마음은 없어요…….

L 두 경우 모두 멜랑콜리와 유쾌함을 적절히 혼합하는 건 마찬가지건만…….

21

S ······.

L 삶의 부조리함에 대한 인식도······.

S 그야 물론이죠! 아마도······.

L 바로 그 점 때문에 음악도 유머러스한 그림과 닮았다고 할 수 있는 거죠.

S 그렇게 말하니 그런 것 같기도 하고.

L 분명 공통점이 있습니다. 유머러스한 그림도 보는 이를 꿈꾸게 만들고, 생각하게 만들어요.

S 아마도······ 아마도. 그렇지만 일요일 아침 식사하기 전에 신을 맞이하는 것을 정오 무렵 시골 사제와 함께하는 식사와 비교할 수는 없는 법이죠.

L 그러니까 당신 자신은 시골 사제에 불과하다, 이런 말씀입니까?

S 네! 이제야 당신이 내가 그토록 힘들여 설명했던 내용을 제대로 이해한 것 같아 기쁘군요!

L 제일 처음 피아노를 쳐본 건 언제였습니까?

S 내가 어렸을 땐, 피아노를 소유한다는 건 생각조차 할 수 없는 일이었죠. 하루는 내가 소속된 가톨릭 청소년 선도 회관에 피아노 한 대가 배달되어 왔는데, 난 어느 날 오후 그 피아노 앞에 앉아 조지 거슈윈이 작곡한 노래 한 소절을 건반으로 눌러 보았죠.

L 그 음표들을 어떻게 건반에서 찾아냈죠?

S 그야, 이렇게 하면 되는 거죠. (그가 피아노를 연주한다)

L 그러니까 그 곡을 라디오에서 들었고 그걸 당신의 귀가 기억했다, 이런 말씀인 겁니까?

S 그렇죠, 하지만 그런 건 당신도 얼마든지 할 수 있어요!

L 아니, 난 아닙니다. 맹세코 난 못 해요······.

S 내가 「내가 사랑하는 남자」를 되살려 내다니······ 난 정말이지 놀라서 기절이라도 할 것 같았습니다. 혼자서 난 어떻게 이럴 수 있지, 이 노래가 어떻게 대양을 건너 나한테 이르렀단 말이지, 하면서 얼떨떨했죠. 그때 난 완전히 정신이 나가서 아무도 나한테 정상적으로 말을 할 수가 없을 지경이었습니다. 누군가 나에게 〈운동화 끈이 풀어졌구나〉라고 말을 해도 난 그 사람이 뭐라고 했는지 알아듣

도 못했을 것이고, 〈서둘러라, 시간을 지켜야지〉라고 해도 그런 소리 따위는 내 귀에 들리지도 않았을 겁니다! 난 그야말로 제정신이 아니었죠. 거슈윈이 작곡한 노래 한 토막을 내가 되살려 냈다는 사실 때문에 넋이 빠진 상태였다고요. 그건 한마디로 기적 같았습니다……. 도대체, 도대체 어떻게 이런 일이 가능하단 말인가? 어디를 통해서 이 음악이 나에게 온 걸까? 암튼 음악이 내게 왔고, 그래서 딩, 동, 딩, 동, 건반을 눌렀는데…… 난 완전히 미쳤어요!

L 그래도 성공적으로 한 소절을 쳤다는 데 대해서 스스로 몹시 자랑스럽긴 했겠네요?

S 아뇨, 전혀 그렇지 않았어요. 왜냐하면 그 정도를 넘어서려면 해야 할 모든 것이 떠올랐기 때문이죠. 그래서 오히려 더 주눅이 들었습니다. 한 순간 열광했지만 무슨 수로 계속한단 말인가? 딩, 동, 딩, 동, 손가락 하나로 뭘 한단 말입니까? 어려운 일이죠…….

L 그때가 몇 살 때입니까?

S 보르도 선도 회관에 출입하던 때였으니까, 열세 살이나 열네 살쯤 되었겠네요.

L 당신의 피아노를 갖게 된 건 언제입니까?

S (침묵) 그보다 한참 후죠! 난 〈피아노를 갖고 싶다〉고 생각한 적이 없습니다. 내 딸 잉가에겐 피아노가 있었죠. 그 아인 재능이 많았어요. 그런데 어느 날 자기를 몹시 아껴 주던 선생님 앞에서 그 아이는 피아노 뚜껑을 닫더니 〈난 다른 여자아이들처럼 되고 싶어요, 음악은 이제 끝이에요〉라고 말하더군요. 딸아이의 됨됨이를 아는 사람에겐, 그 아이가 끝이라고 하면 정말 끝인 거였죠. 그렇게 되니 집사람이 나에게 그 피아노를 가지라고 제안하더군요. 그렇게 해서 내가 피아노 건반을 두드리게 된 겁니다.

L 거슈윈 곡을?

S 그럼요, 언제나 「내가 사랑하는 남자」죠! 딴, 딴, 딴, 딴. 그리고 그게 전부죠.

L 그래도 그렇게 몇 안 되는 음표를 되살려 내고, 그 곡 전체를 건반으로 눌러 보고 연주하는 것이 그토록 기쁘다니…….

S 바보처럼 들리겠지만, 난 그게 너무 좋습니다!

〈난 라디오에서 나오는 건 다 들었습니다.
독일 음악, 아랍 음악…… 암튼 내 마음에 드는
음악이 나올 때까지 모든 걸 다 들었죠.〉

**L** 몇 살 때 처음으로 당신에게 놀라움과 감동 그리고 기쁨을 주는 음악을 들었나요?

**S** 그러니까 그게 다섯 살이나 여섯 살 때였던 것 같아요. 어느 날 별안간 아주 우연히, 부모님 라디오를 허락도 없이 내 마음대로 만지작거릴 때였으니 우연일 수밖에 없는데…… 폴 미스라키의 곡을 들었습니다. 누구나 알고 있고, 내 마음에도 드는 그 곡은 레이 벤투라가 연주했죠. 모두들 이 곡을 알 거예요. 「행복해지기 위해서 무엇을 기다린단 말인가? Qu'est-ce qu'on attend pour être heureux?」, 나는 듣자마자 열광했습니다! 행복 그 자체였으니까요! 확실히 내 어린 시절이 그다지 유쾌하지 않았기에 더 그랬을 겁니다. 그건 이제껏 내가 한 번도 맛보지 못한 기쁨을 한 모금 들이켜는 것 같았고, 그래서 나에게 아주 깊은 인상을 남겼으니까요. 그날 이후 음악은 한때의 열정이나 일시적인 변덕 이상의 것이 되었습니다. 뭐랄까, 일종의 기벽이라고나 할까. 그래서 나는 나를 기쁘게 해주는 곡을 찾아서 끊임없이 채널을 돌리기 시작했죠.

**L** 겨우 여섯 살에 라디오 앞에 붙어 서서 끊임없이 채널을 돌렸다고요?

**S** 주로 저녁때 그렇게 했죠. 부모님이 잠이 들면 나는 다시 일어나서 귀를 라디오에 딱 붙이고 들었습니다. 내가 무척 사랑하던 할아버지가 돌아가시는 날까지. 엄마가 라디오를 잠가 버린 데다, 내가 알지 못하는 무슨 이유에선가 라디오가 망가져 버렸어요. 그런데 어느 날, 부모님이 부부 싸움을 벌이던 중에 두 분 중 누군가가 라디오 선을 잡아당기면서 라디오가 바닥에 떨어지더니, 다시 소리가 나지 뭡니까. 세상에 이런 기적이! 부모님이야 계속해서 살림살이를 죄다 깨부수

건 말건, 라디오가 있는 한 내 인생은 구원받은 거니까…….

L 한밤중에 라디오를 들으면서 그런 생각을 했다니! 그래도 몇 시간씩 잠은 잤을 거 아닙니까?

S 내가 밤이라고 부르는 건 10시 혹은 11시 무렵이었어요. 우리 부모님은 일찍 잠자리에 들었습니다. 두 분이 주무시러 가면, 내가 제일 먼저 하는 일은 라디오를 켜고 주파수를 이리저리 돌려 가며 내가 좋아하는 음악을 찾는 거였죠. 난 라디오에서 나오는 건 다 들었습니다. 독일 음악, 아랍 음악…….. 암튼 내 마음에 드는 음악이 나올 때까지 모든 걸 다 들었죠.

L 그런데 그 음악이, 처음으로 당신 마음에 든 음악이 레이 벤투라가 연주한 곡이었다, 이런 말이로군요. 그다음엔?

S 미국 음악을 엄청 좋아했어요! 우연히 무정부주의적인 어떤 방송을 들었는데, 방송국 이름은 몰랐죠. 영어도 몰랐으니까요. 단어 한두 개만 아는 정도였으니까 말입니다. 그래도 그 짧은 영어로 번역을 해보려고 애썼죠. 당연히 다 틀리게 번역했습니다만……. 그런데 지금은 친구가 된 어느 여자아이의 할아버지가, 이름이 에메 바렐리[19]였는데, 그 무렵 나에게 또 다른 정서적 충격을 선사했습니다.

L 레이 벤투라에 이어서 어떻게 에메 바렐리에게 빠지게 되었습니까?

S 재즈 드 파리와 함께 공연하는 샤를 트레네의 음반을 들었습니다. 노엘 시부스[20]가 지휘하는 재즈 드 파리 오케스트라에서 에메 바렐리라고 하는 트럼펫 주자의 제법 긴 합창 반주를 들은 거죠. 나는 그의 연주를 음악이 주는 경이로움 — 내 판단이 옳아요, 정말로 아주, 아주 근사하니까요 — 이라고 여겼습니다. 그는 자신이 배운 모든 것을 적당히 혼합하는데, 그게 아주 멋져요! 난 쓰러질 지경이었죠! 그제야 나는 세상엔 아주 단순한 것으로도 너무나 아름다운 것을 만들어 내는 재주 있는 사람들이 있다는 걸 깨달았습니다.

L 노랫말보다 선율에 더 매료되나요?

---

19  Aimé Barelli(1917~1995). 프랑스의 재즈 트럼펫 연주자이자 보컬리스트.

20  Noël Chiboust(1909~1994). 재즈 트럼펫 연주자. 처음에는 레이 벤투라의 오케스트라에서 바이올리니스트로 시작했지만 곧 트럼펫 연주자로 자리 잡았다.

S 샤를 트레네의 노래가 그렇고, 그래요, 아니, 선율이 더 감동적입니다. 에메 바렐
리의 합창 반주도 그렇고…….

L 지금도 기억하는 샤를 트레네의 그 노래는 어떤 곡이었죠?

S 그야 물론 베를렌의 시에 곡을 붙인 노래였죠.

L 이제 보니 당신은 샤를 트레네보다 에메 바렐리에게 더 관심이 많은 건 같군요?

S 네, 맞아요. 샤를 트레네는 늘, 거의 습관적으로 듣는 거였으니까요.

L 샤를 트레네의 노래를 많이 들었나요?

S 들리는 거라면 다 들었죠. 대부분의 경우 난 속이 부글부글 끓었어요. 아주 끔찍

했으니까요……. 난 누구한테도 상처를 주고 싶지 않지만, 티노 로시[21] 같은 사람은 정말이지 견디기 힘들었어요.

L 그와 같은 일종의 음악적 〈계시〉에 대해서, 당신은 친구들과도 이야기를 나누곤 했나요?

S 몇몇 친구와는 그 감정을 공유해 보려고 했으나, 친구들은 그런 나를 미친 사람 취급했죠. 하긴 난 미친 사람이었어요. 그 친구들이 꼭 틀렸다고 할 수도 없네요! 난 내가 좋아하는 음악에 대해 함께 이야기를 나눌 수 있는 친구가 한두 명만 있어도 좋겠다고 생각했는데, 그 친구들에게 음악 얘기를 하는 건 마치 중국어로 말하는 거나 다르지 않았으니…… 내 친구들에게 노래는 그저 노래일 뿐이었습니다. 춤을 추기 위한 노래라거나 귀를 시끄럽게 하는 소음과 같은 노래이거나…… 요컨대 별로 관심이 없었죠. 그보다는 당구나 축구를 좋아했으니까요.

L 부모님과는 음악에 대해 이야기를 나눌 수 있었나요?

S 그건 마치 내가 내 고양이와 극사실주의에 대해 이야기를 나눌 수 있느냐고 묻는 것과 마찬가지입니다.

L 당신은 여러 해 동안 숨어서 라디오 듣기를 계속했나요? 레이 벤투라, 에메 바렐리, 샤를 트레네 말고 다른 음악들도 발견했나요?

S 어느 날, 레이 벤투라가 방송에 출연했습니다. 그가 자신들이 영화를 만들었다고 설명하는 동안 피아노 연주자가 배경 음악처럼 연주를 했어요. 그가 연주하는 동안 나는 그것이 폴 미스라키의 곡임을 알아차렸고, 정말 아름다운 곡이라고 생각했습니다. 며칠 후, 역시나 부모님 몰래 라디오를 듣던 중 나는 그때와 똑같은 곡을 듣게 되었는데, 방송 진행자가 마이크 앞에서 〈친애하는 상송 프랑수아,[22] 우리를 위해 클로드 드뷔시의 「베르가마스크 모음곡Suite Bergamasque」에 삽입된 「달빛」을 연주해 주셔서 감사합니다〉라고 말하는 게 아니겠습니까. 그러자 상송 프랑수아는 〈프랑스 음악의 정수 가운데 하나죠〉라고 대답했습니다. 내가 레이 벤

---

21  Tino Rossi(1907~1983). 프랑스 가수이자 영화배우. 감미로운 목소리로 1930년대 톱 가수로 인기를 얻었으나 제2차 세계 대전 중 독일에 협력했다는 오명이 있다.

22  Samson François(1924~1970). 프랑스의 피아니스트로 유럽과 미국 각지에서 연주 활동을 했다.

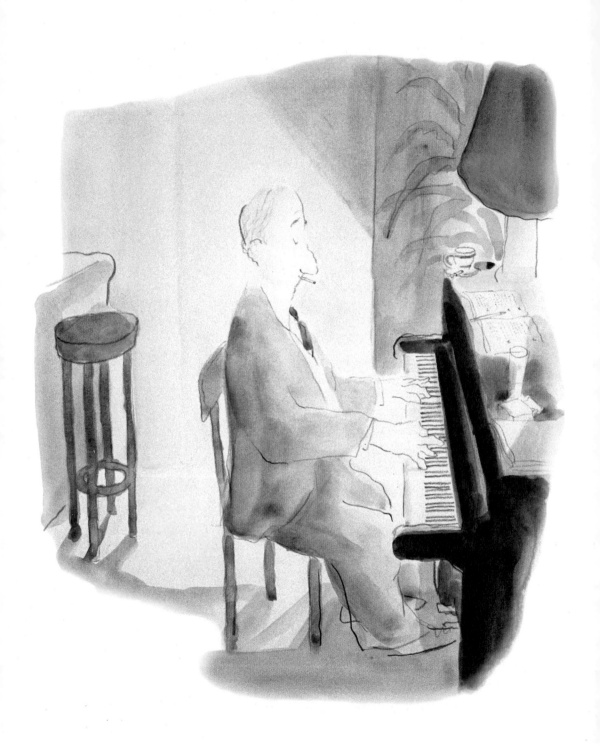

투라 오케스트라의 피아니스트가 연주하는 곡이었으므로 폴 미스라키의 곡이거니 짐작했던 것이 사실은 드뷔시의 「달빛」이었던 겁니다. 클로드 드뷔시라는 사람 ― 난 그 이름의 철자를 어떻게 쓰는지도 몰랐습니다 ― 이 작곡한 「베르가마스크 모음곡」 중에 수록된 곡임을 처음으로 알게 되었습니다. 사실 그게 무슨 소린지는 잘 몰랐지만, 암튼 「달빛」은 나에게 내가 생각하는 그대로의 기쁨, 내가 좋아하는 폴 미스라키의 음악만큼이나 큰 기쁨이었어요. 비록 그의 음악은 아니었지만!

L 당신은 드뷔시가 누구인지 몰랐습니까?

S 전혀요!

L 당신은 소위 클래식 음악이라고 부르는 것과 미스라키의 음악처럼 대중음악이라고 하는 것을 구분하지 않았나요?

S 네, 나한테는 그저 다 음악이었어요. 그러던 참에 그 유명한 드뷔시의 「달빛」을 듣고 놀라 자빠진 겁니다. 게다가 상송 프랑수아가, 난 그의 말을 토씨 하나까지도 정확하게 기억하는데, 〈프랑스 음악의 정수 가운데 하나〉라는 말까지 했으니까요. 그래서 난 당연히 그 정수, 정수 가운데 하나와 사랑에 빠졌죠. 그 순간부터 나는 라디오 주파수를 이리저리 돌릴 때면 언제나 정수들을 찾느라 바쁩니다……. (웃음)

L 그래서 다른 정수들도 찾았나요?

S 그럼요. 사실 난 저녁엔 시간이 별로 없었습니다. 계단 꼭대기에 있는 내 방에서 내려올 때가 벌써 10시 30분쯤 되었으니까요. 나는 귀를 라디오 수신기에 대고 미국 방송을 들었습니다. 팝송이 나오고 재즈가 나왔죠. 그러면서 듀크 엘링턴을 알게 되었고, 그의 음악에 환장하게 되었어요. 그건 지금까지도 여전합니다. 나는 라디오 방송 프로그램 편성에 따라 듣게 되는, 얼마 안 되는 아주 드문 듀크 엘링턴의 음악에 심취했죠.

L 지금 기억하는, 당신이 처음 들은 곡은 무엇이었죠?

S 재즈를 사랑하는 사람들이라면 누구나 알고 있는 곡이죠. 「A선 열차를 타자Take the A Train」라는 곡입니다. 조금 있다가 연주해 드릴게요. 당신도 분명 아는 곡일 겁니다. (그가 곡조를 흥얼거린다)

L 자, 이제 막 듀크 엘링턴을 발견했고, 그때 당신 나이 열다섯 살입니다.

S 아뇨, 그보다 더 어렸죠. 그래요, 난 그걸 듣고 열광했어요…….

L 그런데 정말로 그 음악을 다시 들을 수 있는 아무런 수단이 없었단 말입니까?

S 유감스럽게도! 얼마 후에, 내가 자전거로 와인을 배달하면서 생트카트린이라는 거리를 지나갈 때였습니다. 그 길에 악기와 레코드판을 파는 상점이 하나 있었죠. 하루는 진열장 가운데에 빨간 원이 있는 검정색 물건을 봤는데, 거기에 〈듀크 엘링턴과 그의 오케스트라〉라고 적혀 있더라고요. 그래서 나는 〈아니, 뭐라고! 저 안에 그게 들어 있다고?〉라고 혼잣말을 했죠. 난 또 다시 미쳐 버렸어요! 그건 마치 하늘을 나는 인간을 본 것 같은 기분이었죠! 정신이 똑바로 박힌 사람이 유리창을 통해서 하늘을 나는 사람을 보다니…… 미쳐 버릴 수밖에요! 내가 바로 그랬다 이겁니다. 난 도저히 이해할 수가 없었어요. 이해하기엔 너무 아름다우니까요! 저 검정색 물건 안에 내가 그토록 좋아하는 뮤지션들이 들어 있단 말인가?

L 그래서 상점 안으로 들어갔습니까?

S 으음, 아니죠, 그럴 수 없었어요. 무슨 돈이 있어서 그렇게 하겠습니까? 하지만 하루는 그래도 용기를 내서 들어갔어요……. 그리고 상냥한 주인에게 그걸 사기 전에 미리 들어 보고 싶다고 말했죠. 마침내 듀크 엘링턴의 레코드를 손에 들고서…… 난 들었습니다. 충격, 충격, 또 충격이었어요! 모든 소리가 다 들렸습니다. 악보 넘기는 소리며 잡음까지, 그야말로 모든 소리를 다 들었단 말입니다! 난 녹음 스튜디오에 들어와 있는 거였고, 그래서 〈난 이럴 수가, 도저히 이럴 순 없어〉라고 생각했죠. 자전거를 타고 비틀거리면서 배달 사무소로 돌아오는 길에 나는 〈내가 미쳤구나!〉라고 생각했습니다. 실제로 난 미쳤습니다! 그 후로 줄곧 그것만 생각했으니까요! 나는 신문 같은 데서 본 뉴욕의 이미지에 따라 상상을 하곤 했죠. 흑인 뮤지션들이 악기를 들고 눈 속을 달려와 고층 건물로 들어가서는 이러쿵저러쿵…… 그리고 기술자들과 더불어 듀크 엘링턴의 음악을 플라스틱 원판에 새기는 기적을 성공리에 마치는 거죠……. 나에게 이 장면은 무한한 경이로움이었습니다. 그런데 누구한테 이 이야기를 들려줘야 할지 알 수가 없더군요. 나만 빼고는!

L 그 이야기를 들려줄 친구가 한 명도 없었어요?

**S** 단 한 명도.

**L** 부모님이야 그런 건 관심도 없었을 테고…….

**S** 당연하죠. 심지어 너무 충격을 받았을지도 모르죠.

**L** 그래서 그 레코드를 샀습니까?

**S** 상냥하기 그지없는 주인은 몇 번이고 그 판을 듣게 허락해 줬죠. 그 덕에 나는 세 번이나 죽을 뻔한 기분이었고, 결국 그 주인에게 〈저기, 생각 좀 해보겠습니다〉라고 말했죠. 그분은 너그러운 미소를 지으면서 〈아, 그 심정, 나도 잘 알아요〉라고 대답하곤 했죠. 그러면 나는 얼른 자전거를 타고 도망치듯 그 상점에서 빠져나왔습니다, 도망을 쳤다고요…….

**L** 어쨌거나 당신에겐 턴테이블도 없었을 테죠?

**S** 물론 없죠. 음악이 그 검정색 물건 안에 들어 있다는 게 나한테는 기적이었습니다. 믿을 수 없었으니까요. 바늘이 사각사각 그 물건을 긁는 소리라니…… 모든 것이 꿈만 같았어요. 초자연적이라고 할 수밖에요.

**L** 최초로 33회전 LP판을 구입한 건 파리에 올라온 다음인가요?

**S** 내가 18구의 한 쪽방에 살기 시작한 지 몇 달쯤 되었을 때였습니다. 어느 날 나의 아내 크리스틴이 나에게 턴테이블을 선물했죠. 그래서 난 상점에 가서 레코드판 두 장을 샀습니다. 한 장은 듀크 엘링턴, 나머지는 콜론[23]이 차이콥스키를 연주하는 실황 녹음 가운데 하나였죠. 나에게는 완전히 기적 같았습니다. 내가 바늘을 판 위에 올려놓자 끽끽 하는 소리가 들리더니 이내 붐붐 소리가 이어지더군요. 믿을 수 없었어요. 웃지 마세요! 내가 처음으로 레코드판을 듣던 날, 나는 하늘을 나는 기분이었습니다!

그로부터 얼마 후, 벨기에의 한 신문에 실을 삽화를 통신사에 가져다주었는데, 거기서 르네 고시니[24]를 만났지 뭡니까. 그는 막 미국에서 돌아온 참이었습니다. 뉴욕에서 갓 돌아온 사람이 내 눈앞에 있다는 사실 때문에 나는 몹시 흥분한 상

---

23 Édouard Colonne(1838~1910). 파리 오페라 극장의 바이올리니스트로 1873년 콜론 관현악단의 설립자이기도 하다.

24 René Goscinny(1926~1977). 프랑스의 유머 작가로 장자크 상페와 함께 「꼬마 니콜라」 시리즈를 만들었다.

태였죠. 고시니가 내 그림을 보더니 〈아니, 이럴 수가, 이럴 거면 아예 뉴욕으로
가야 하는 거 아니오?〉라고 하더군요. 그러더니 그가 나에게 성게를 먹어 봤느냐
고 물었습니다. 내가 〈아뇨, 난 그게 뭔지도 모릅니다〉라고 대답했더니 그가 〈내
가 저녁 살 테니 같이 갑시다, 성게 맛보게 해드릴 테니까〉라고 하더군요. 그래서
같이 갔어요. 고마운 일이었죠.

우리는 샹젤리제의 그렇고 그런 한 식당으로 갔습니다. 그가 성게를 주문하자 나
도 질세라 그에게 〈레코드판이 있느냐〉고 물었죠. 그가 〈아니〉라고 대답했습니
다. 그래서 나는 〈조금 있다가 내 집으로 갑시다, 내가 레코드 두 장을 듣게 해줄
테니까〉라고 했죠. 식사를 마칠 때쯤 우리는 거의 친구처럼 가까워졌고, 그래서
둘이 같이 바티뇰로 가서 무려 8층까지 걸어 올라가 문을 열었습니다. 크리스틴
이 벌써 잠자리에 든 걸 알고, 그는 들어가지 않으려고 했어요. 그래도 나는 〈그
러지 말고 들어가자, 들어가자〉라고 부추겼죠.

그가 그 작은 쪽방에 앉자 나는 첫 번째 레코드, 그러니까 듀크 엘링턴의 곡을 들
려주었습니다. 〈몇 사람이나 될 것 같소?〉라고 그에게 물었더니 그가 〈뭐라고?〉
라고 되묻더군요. 그래서 음악가가 몇 명이나 될 것 같으냐고 좀 더 명확하게 물
었죠. 그가 잘은 모르겠으나 〈일곱 명 쯤?〉이라고 대답했고, 나는 〈이 딱한 양반
아, 자네 머리가 좀 돈 거 아니야!〉라면서 열여덟 명이라고 말해 주었답니다. 색
소폰 다섯, 트롬본 넷 등등. 나는 설명을 한 다음 콜론 오케스트라의 연주회 실황
을 녹음한 「호두까기 인형Casse-noisette」 가운데 「꽃의 왈츠Valse des fleurs」를 들려주
었습니다. 그 순간 나는 고시니가 이번에도 내가 오케스트라 편성을 물을까 봐
잔뜩 겁을 집어먹고 있음을 눈치챘죠. 우리는 이렇게 해서 친구가 되었습니다.
그리고 나는 성게를 좋아하게 되었고요…….

〈밤에 밝은 너의 눈
얇게 저민 고기를 응시하는 너의 눈
네 두 눈은 흐릿해진다
네가 프라이팬을 핥을 때면〉

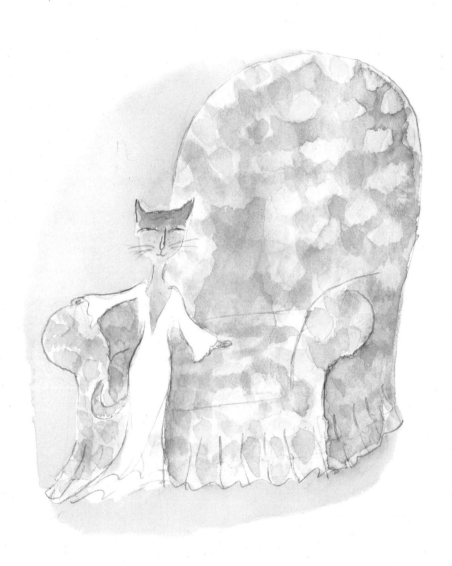

L 이제는 우리가 당신의 작사가이자 작곡가, 요컨대 창작가로서의 지위에 대해서
  말해 보아야 하지 않을까요. 그게 필요할 것 같습니다만.

S 내가 보관하고 있는 어느 상자 속엔가 책이 한 권 들어 있는데, 아마도 나는 그걸
  절대 못 끝내지 싶어요. 〈올리브의 결혼〉이라는 제목으로 고양이들을 전면에 내
  세운 이야기책입니다. 올리브는 암고양이인데 어느 날 여주인에게 자기가 빅토
  르와 결혼할 것임을 알려요. 빅토르는 무역업에 종사한다고 주장하는 수고양이
  인데, 실제로는 포커에 더 열중하는 데다 완전히 거짓말쟁이에 밀당 선수인 사기
  꾼이죠. 빅토르는 비 플랫으로 노래를 부르면서 올리브를 향한 자신의 불같은 마
  음을 고백합니다. (상페가 노래를 부른다)

  밤에 밝은 너의 눈
  얇게 저민 고기를 응시하는 너의 눈
  네 두 눈은 흐릿해지지
  네가 프라이팬을 핥을 때면

  그러자 올리브는 행복에 겨워 기절할 판이죠! 당신도 아마 내 말에 동의할 겁니
  다. 랭보가 은근히 걱정되지 않습니까? 그는 코미디 뮤지컬이라고는 한 편도 안
  썼으니 말입니다!

L 이것 말고 다른 대본과 곡도 썼나요?

S 엄청 많이 썼죠. 모두 곡을 붙인 건 아닙니다. 곡과 노랫말 때문에 내 머리가 너무
  나 복잡하죠.
L 그래도 암튼 머릿속엔 있다는 말이죠?
S 엄청 많이 들어 있죠.

# 밤의 스타
Les stars de la nuit

근사한 몇몇 냄새가
향긋하게 퍼지는 밤이면
너의 눈엔 갑자기 불이 켜지지
이건 주방에서 오는 거야
너의 소원은 이루어졌어
너의 시선은 빛을 발하고
그러면 너는 앞으로 나아가지
아래층으로 1층으로

(후렴) 밤의 스타는 별들이 아니라네
하늘의 궁륭에서 수천 개씩 무리 지어 빛나는 별들 말이야
밤의 스타는 별들이 아니라네
그건 눈이야, 두 개의 눈, 너의 두 눈

밤에 밝은 너의 눈
얇게 저민 고기를 응시하는 너의 눈
네 두 눈은 흐릿해지지
네가 프라이팬을 핥을 때면
생기 있고 날랜 너의 눈이

로스트비프에 다가가면
너의 눈, 항상 너의 눈
한 번도 같은 적이 없는 너의 눈
노르스름한 녹색이거나 진홍색이거나

(후렴)


전사 같은 너의 눈동자
자신만만한 너의 시선
한 번도 같은 적이 없는 너의 눈
노르스름한 녹색이거나 진홍색이거나.
그걸 바라보기만 해도
나는 흐뭇해지지
너의 눈, 항상 너의 눈……

(후렴)


날랜 몇 걸음
예리한 시선
부드럽게 훌쩍 두 번 뛰어서
너는 지붕 위에 올라앉지
예리한 시선으로 너는 별들을 응시하지
빛나는 밤하늘엔
달이 떠오르네
밤의 스타는
별들이 아니라네
그건 두 개의 눈, 너의 눈이지…….

# 신중한 탱고
Le Tango de la prudence

신중한 탱고는
일정한 보폭으로 추는 거라네
그건 경계심을 가지고 추는 거라네
그건 발걸음을 세어 가며 추는 거라네


감쪽같이 그걸 춥시다
살금살금 그걸 춥시다
조용히 있습시다, 보일 듯 말 듯 있자고요
나대는 자들은 사절, 눈에 띄지 않게 있습시다
앙트르샤[25]는 삼갑시다
이건 고양이들을 위한 탱고라고요


침묵의 법칙을 지킵시다
우리의 감정을 잘 제어합시다
우리의 인내심은 과학이지요
수많은 세대를 이어져 내려오면서
우리는 그런 건 내세우지 않지요
우리는 그저 우리 치즈만 생각하지요


25  발레에서, 공중으로 뛰어올라 있는 동안 두 발을 교차하는 춤 동작.

머리를 차갑게 유지해야 합니다
발이 따뜻하기 위해서는
그러니 엉뚱한 짓은 삼갑시다
그리고 모범적으로 행동합시다
화가 치밀어도 억누릅시다
우리의 유일한 목적은 치즈입니다

우리의 후삭석 자산은
우리에게 바람이 어디서 불어오는지 알려 줍니다
끈질기고 현학적인 계산을
미묘하게 시도함으로써
동방 박사의 고집스러움
우리의 치즈를 향해 나아갑시다

몇몇은 확실히 더 빠르고
위풍당당하고, 찬란한 광채를 지녔고
다르타냥이나 르 시드 감이지만[26]
우리로 말하자면, 우리는 그런 걸로 호들갑을 떨지 맙시다
우리는 겸손하게 있고, 우리는 조용히 있습니다
하지만 우리는 치즈만큼은 차지할 겁니다

모든 걸 계산해 봅시다, 잘 계산해 봅시다
그렇지 않으면, 우리 고양이들은
곧 개 같은 삶을 살게 될 테니까요.

---

26  다르타냥은 프랑스의 소설가 뒤마가 지은 삼총사에 등장하는 검객이고, 르 시드는 극작가 코르네
유가 지은 운문 비극으로 스페인의 국민적 영웅인 엘시드의 이야기를 줄거리로 한다.

# 거짓말쟁이 포커꾼
Poker menteur

사람들이 고양이에 대해 얼마나 안단 말인가
그런 것들일랑 믿지 말아야 하지
모든 게 날조되었으니까

거짓말쟁이 포커꾼 클로버 스페이드 다이아몬드
혹은 하트
누이의 셔츠마저도 판돈으로 건다네

대학 입학 자격자건 봉두난발한 학자건
연구원이건 예리한 형사건
사람들이 아는 거라곤
고양이가 뭔지 모른다는 사실뿐이지

파샤[27]의 고양이건 거지의 고양이건
당신들은 절대 알 수 없지
고양이가 뭔지를

---

27  터키에서 장군, 총독, 사령관 따위의 신분이 높은 사람에게 주었던 영예의 칭호.

그러니 너는 언제쯤이나
남들이 하는 말쯤은 웃어넘기게 될까
네가 비방하는 소리를 들을 때면
차라리 참치 포나 튀겨 먹는 게 나을 거라는
말을 듣고 또 들을 때면.

## 고양이
### Le chat

좋은 밤이야.
빅토르!

매력 만점의 고양이가 있는데
매력 있는 데다
매혹하는 데다
더구나 날치기 솜씨까지 있다네.

S 나는 아카데미 프랑세즈 회원인 작가 미셸 데옹[28]을 무척 좋아합니다. 하루는 몽파르나스 대로에서 누군가가 나에게 다가오더니 〈안녕하시오, 장자크 씨! 그런데 말입니다, 당신은 음악도 잘 아십니까?〉라고 묻더군요. 그래서 난 〈저 말입니까? 그건 왜요?〉라고 되물었죠. 그랬더니 그가 〈난 어제저녁 르나르 극장에 가서 소프라노 안 바케에게 박수를 실컷 쳐주고 왔는데, 프로그램에 소개된 노래들 가운데 《자두, 곡, 가사: 장자크 상페》라고 적혀 있지 뭡니까?〉라고 하더군요. 덕분에 난 자부심을 느꼈죠. 아카데미 프랑세즈와 미셸 데옹이 생제르맹 대로를 지나가는 작곡가를 알아보았다니 말입니다.

L 당신은 안 바케의 장난기를 좋아합니까?

S 그 아버지에 그 딸이죠! 안은 활기차고 웃기는 데다 노래를 아주 잘 부르죠. 진정으로 재능 있는 사람이면서, 시류에 휩쓸리지 않고 오페라 아리아든 코믹하거나 달콤한 대중가요든 구별 없이 어떤 장르건 훌륭하게 소화합니다. 한마디로 아주 유쾌한 소프라노 가수죠. 나는 안의 아버지 모리스와 스키를 같이 타곤 했는데, 그 친구의 다채로운 이력에 늘 매력을 느꼈습니다. 모리스는 스키 챔피언이었고, 높은 봉우리를 여러 개씩 정복한 등산가이기도 했으며, 연극 무대에도 섰고, 루이스 마리아노[29]와 같이 오페레타에도 참여했습니다. 프레베르 형제와 장 르누아르와도[30] 교분이 두터웠으며, 옥토브르 그룹[31]으로도 적극적으로 활동했죠······.
그는 요즘 세상엔 더 이상 남아 있지 않은 다재다능한 연예인이었습니다. 무엇보다도 자기 스스로 재미있는 것을 생각하는 사람이라서 나까지 웃게 만들었죠. 그 점에 있어서는 그의 친구 로베르 두아노[32]도 마찬가지였습니다. 그에겐 요즘 들

---

28  Michel Déon(1919~2016). 프랑스의 소설가, 희곡 작가, 에세이스트. 1978년에 프랑스 학사원의 한 기관인 아카데미 프랑세즈의 회원이 되었다.

29  Luis Mariano(1914~1970). 스페인 출신으로 프랑스에 건너와 오페레타로 데뷔하였다.

30  프랑스의 시인이자 영화 각본가였던 자크 프레베르와 영화감독이었던 그의 동생 피에르 프레베르를 말한다. 장 르누아르 역시 프랑스의 영화감독으로 휴머니즘을 강조한 작품들을 남겼다.

31  프랑스 노동자 연맹에서 분리된 극단으로 1932년 창설되었다. 프랑스 공산당 및 일반 노동 연합과 밀접하게 연결되어 있어 공산주의적 작품을 선보였다.

32  Robert Doisneau(1912~1994). 프랑스를 대표하는 사진작가로 1930년대 파리의 길거리를 주로 찍었다. 포토 저널리즘의 선구자로 특히 1950년작 「시청 앞의 키스」가 유명하다.

어 많은 사람이 당연한 일로 여기는 〈경력 관리 플랜〉이란 것이 없었습니다. 게다가 그는 뛰어난 첼로 연주자이기도 했죠.

L 당신도 첼로를 연주하고 싶었던 적이 있나요?

S 사실 모리스한테 한 번 배운 적이 있긴 해요! 더는 고집부릴 필요가 없음을 깨닫는 데에는 한 번으로 충분했지요…….

안 바케의 공연 포스터와 음반 커버를 위해 그린 그림.

〈레이 벤투라의 노래와 맞닥뜨리면,
말라르메도 완전히 외면당하기 십상이죠…….〉

S 어린아이였을 때 나는 라디오 탐사를 하며 시간을 보냈습니다. 라디오를 통해서 들은 게 엄청 많지만, 특히 레이 벤투라에 푹 빠졌죠. 그가 이끄는 오케스트라는 친구들끼리의 모임 — 실제로도 그랬습니다 — 이라는 인상을 줬어요. 단언컨대 레이 벤투라는 나의 인생을 구원해 주었습니다!

L 〈레이 벤투라는 나의 인생을 구원해 주었다〉는 말은 실제로 어떤 의미인가요?

S 실제로? 나는 그가 라디오에 출연하는 모든 시간을 환히 꿰고 있었죠. 모든 채널을 통틀어 말입니다. 아시다시피 상당히 복잡한 어린 시절을 보낸 관계로[33] 나는 무슨 일이 닥치든, 그러니까 부모님이 부부 싸움을 벌여도, 〈이런 건 중요하지 않아, 다음 주엔 레이 벤투라가 라디오에 나올 거니까〉라고 생각했죠. 그러고 나면 그 복잡한 집안 분위기를 견뎌 낼 힘이 생기곤 했습니다.

L 그의 목소리를 듣게 된다는 약속만으로도 위안을 받았다는 말이로군요……. 하지만 솔직히 레이 벤투라의 노래가 말라르메의 시는 아니지 않습니까?

S 아니죠. 훨씬 낫죠! 당신은 프랑스 시의 최정상을 알고 있습니다. 난 당신이 그러길 바라고요. 말라르메는 허를 찔렸습니다. 그는 제대로 대항도 하지 못했으니까요. 글쎄 그렇다니까요. 말라르메는 결정적으로 정상에서 밀려났단 말입니다. 그 사연은 이렇습니다. 〈어제저녁 콜론 오케스트라 콘서트에서 굉장한 스캔들이 터

---

33 마르크 르카르팡티에와 나눈 대담집 『상페의 어린 시절』에서 장자크 상페는 힘들었던 자신의 소년 시절을 회고한다.

졌습니다. 트롬본이 정상적인 것 같지 않았거든요. 지휘자가 화난 목소리로 지적했습니다. 우리는 지금 「탄호이저Tannhäuser」[34]를 연주하는 중인데, 자네는 혼자서 「상브르와 뫼즈 연대 행진곡Le Régiment de Sambre et Meuse」[35]을 연주하고 있네. 그러자 트롬본 주자가 대답했습니다. 그게 뭐 어쨌다는 겁니까?〉 나에게 이 사건이야말로 현대시의 최정상입니다. 도저히 도달할 수 없는 꼭대기란 말이죠. 운 좋게도 나는 파리에 올라온 지 꽤 되었을 무렵, 그 스캔들의 주역들을 실제로 만날 수 있었습니다. 폴 미스라키와 앙드레 오르네였는데, 나는 그 자리에서 바로 두 사람에게 내가 품어 오던 엄청난 존경심을 표했습니다. 대단한 사람들이더군요. 굉장한 재능을 가진 사람들이었죠.

앙드레 오르네의 이 곡도 좀 보세요. 이제 막 인생에 첫발을 내딛으려는 어린 소년의 이야기입니다. 아이가 직업을 선택해야 하는 시점이죠. 앙드레 오르네와 폴 미스라키는 이렇게 말합니다. 〈우리는 누구나 자신의 직업을 결정해야 하는 순간 불안에 휩싸이지. 할아버지를 얼싸안듯 자신의 직업을 품에 안을 수는 없는 노릇이니까.〉 어때요, 난 이 말을 들으면 말라르메가 얼마나 의기소침해할지 이해가 됩니다!

---

34  독일의 바그녀가 작곡한 오페라로 독일 중세 때의 기사이자 음유 시인인 탄호이저가 주인공이다.
35  프랑스의 대표적인 군가.

〈이런, 나쁘지 않군요!
자, 내가 왼손을 칠 테니 댁은 오른손을 치시죠.〉

**S** 아주 맛깔스러운 일화를 하나 소개하죠. 어느 날, 뉴욕에서 내 책이 한 권 출판되었습니다. 출판사에서는 나를 기쁘게 하려고, 아니 자축을 하려는 거였는지도 모르겠는데, 하여간 책에 실린 원화 전시회까지 열었습니다. 전시회 개막 전야 행사에 키가 제법 큰 갈색 머리 여인이 도착했는데, 원래의 갈색 머리를 빨간색, 노란색, 초록색 등으로 물들인 차림새였죠. 지금도 난 또렷하게 기억합니다. 암튼 여자는 말을 곧잘 했어요. 아주 상냥하고 침착한 말투였죠. 덕분에 난 다 알아들을 수 있었습니다. 그녀는 아주 쉬운 단어들을 사용해서 나한테 자기가 듀크 엘링턴의 누이동생이라고 말했어요. 그러니 내가 얼마나 놀라고 기뻤을지 두말하면 잔소리죠! 그녀가 계속 말했습니다. 〈오, 저의 오빠라니까요! 어렸을 때 난 아침 8시에 학교에 갔는데, 그 시간은 오빠가 집으로 돌아오는 시간이었죠.〉 그래서 난 오빠가 눈가에 시커먼 다크서클을 달고 눈에 핏발이 선 채 입엔 기다란 궐련을 물고 상의엔 장식 손수건을 꽂고서 집으로 돌아올 때, 곱슬곱슬한 머리를 쫑쫑 땋아서 빨간 리본을 묶고 주름치마를 입은 어린 흑인 소녀가 깡충거리며 뛰는 모습을 금세 상상할 수 있었습니다. 특히 분명 그에게서는 버번위스키 냄새가 날 거라고 상상했죠. 밤새 마셨을 테니까요……. 하지만 아침부터 그는 피아노 앞에 앉아 음계 연습을 했다더군요. 동생 말에 따르면, 정오에 학교에서 돌아올 때면, 여전히 쫑쫑 땋은 머리에 파란 주름치마 차림이었을 테죠, 오빠는 그때까지도 피아노 앞에 앉아 있었대요. 거기서 한 발짝도 움직이지 않은 거죠. 담배는 피웠을망정 그 자리에서 움직이지는 않았던 거죠. 그러면서 계속 건반을 눌러 가

며 연습을 했다는 말입니다. 그게 진실이죠, 진. 실. 그녀가 이 이야기를 들려줬을 때 나는 물었습니다. 〈그런데 그가 무슨 곡을 연주했나요?〉 그녀는 이렇게 대답했죠. 〈그건 기억이 나지 않아요. 오빠는 늘 뭔가를 완벽하게 만들기 위해 피아노를 쳤고, 결국 원하는 대로 이루고야 말았어요…….〉

L 그로부터 얼마 후에 당신은 그를 직접 만났습니다. 함께 이야기도 나눴고요.

S 아주 조금요…….

L 그는 자신감이 넘치던가요, 아니면 불안해하거나 고민이 많은 편이던가요?

S 그는 늘 만족해하고, 매우 예의 바른 사람이었습니다. 그땐 그 유명한 재즈 클럽인 코튼 클럽에서 연주하게 되어 몹시 기뻐하면서 자기 악단을 위해 편곡 중이었죠. 그는 정말이지 내가 숭배해 마지않는 인물이었습니다.

L 그는 당시에도 이미 스타였나요?

S 아뇨, 막 이름을 알리기 시작하는 중이었죠. 할렘에서요.

L 그런데도 벌써 자기 악단이 있었군요.

S 네.

L 여러 명의 뮤지션으로 구성된 악단이었나요?

S 네, 열여덟 명이었으니까요.

L 듀크 엘링턴에 관해서라면, 『뉴욕 스케치』에 그림이 한 장 있죠. 작달막한 신사 한 명이 거리에서 휘파람을 부는 그림…….『뉴욕의 상페』에서 당신은 그 그림을 설명해 주었죠. 그 신사는 눈이 오는 가운데 「새틴 인형Satin Doll」의 한 버전을 휘파람으로 부는 거라는, 아주 상세한 설명이었습니다. 그렇다면 당신은 그 곡의 여러 버전을 다 알고 있다는 얘기가 되는 거군요.

S 그 장면은 내가 실제로 겪은 일을 그린 겁니다. 뉴욕이 눈 때문에 완전히 마비되었고, 그 정적 속에서 나는 내가 잘 알고 있는 「새틴 인형」의 한 버전을 휘파람으로 부는 웬 신사를 보게 된 거예요. 아주 흐뭇한 광경이었죠. 장담하건대, 비록 당신은 못 믿겠다는 눈치지만, 그건 1965~1966년도 버전이 확실해요. 음악에 관심을 갖기 시작하면 같은 곡의 각기 다른 버전이 어느 해에 나왔는지 구별하기란 그리 어려운 일이 아니죠.

L 나한테는 다소 어려운 일 같아 보입니다만…….

**S** 음악에 관심을 갖게 되면 그렇지 않아요. 전혀 어렵지 않다니까요. 어떤 한 곡을 들으면 그것이 어떤 음반인지, 언제 녹음된 누구의 연주인지 알 수 있어요. 악단의 편성이 어떻게 되는지도 물론 알 수 있고요. 모든 걸 다 알게 된다고요!

**L** 그러니까 당신은 「새틴 인형」에 대해서 모든 것을 다 안다? 지금도 여전히 그 모든 버전을 다 구별할 수 있는 건가요?

**S** 아, 네! 물론이죠. 어떻게 설명해야 할지 잘 모르겠는데…… 마치 군사 음악에 관심을 갖는 사람은 「라 마르세예즈La Marseillaise」[36]의 모든 버전을 누가 연주했는지 쉽사리 구별하는 것과 같은 이치라고나 할까요……. 그런 분야에 있어서라면 물론 나는 영 문외한이지만 말입니다!

**L** 당신은 듀크 엘링턴과 같이 연주를 하기도 했습니다만…….

36 프랑스의 국가. 프랑스 혁명 시기인 1792년에 루제 드릴이 작사하고 작곡하였다.

**S** 오…… 과장은 금물입니다. 그가 어느 날 나에게 대단히 고마운 걸 선사했죠. 생
트로페의 에디 버클리[37] 집에서였습니다. 나는 아무도 없는 어느 방에서 기다렸
어요. 그 방엔 사람은 없었지만 피아노가 여러 대 있었습니다. 그래서 나는 피아
노를 딩동거렸죠. 그때 누군가가 손 하나를 내 어깨에 얹더니 영어로 이렇게 말

---

37　Eddie Barclay(1921~2005). 본명은 에두아르 루오. 프랑스의 프로듀서로 미국 재즈를 적극적으로
　　받아들였으며 버클리 레코드사를 설립했다.

했습니다. 〈이런, 나쁘지 않군요! 자, 내가 왼손을 칠 테니 댁은 오른손을 치시죠.〉 그 일은 이렇게 된 겁니다. 난 진땀을 흘렸죠. 아마 내 몸 안에 들어 있던 땀이란 땀은 모조리 다 흘렸던 것 같습니다. 그게 다예요!

L 그저 진땀 흘린 기억밖에 없으십니까? 아니면 짧지만 행복한 순간이었다는 마음도 남아 있습니까?

S 두 가지가 뒤섞여 있죠. 난 내가 정신이 돌았다고 생각했거든요…….

L 그 후 뭔가 대화라도 좀 나눴나요?

S 아뇨. 그런 다음에 그는 식당으로 저녁을 먹으러 갔는데, 우연히도 자신의 비서와 나란히 나를 마주 보는 곳에 앉았지 뭡니까. 나는 몹시 기쁘면서도 잔뜩 겁을 먹었죠. 신이 시골 사제를 위해 지상에 강림하신 거였으니까요. 그는 상냥하고 더할 나위 없이 매력적이었어요.

**L** 그런데 당신은 그와 음악 이야기라고는 한마디도 안 했단 말입니까?

**S** 안 했습니다. 그는 비서와 동행이었어요. 더구나 아주 괜찮은 여성이었죠. 마르티니크 출신 같은데 프랑스어를 완벽하게 구사했습니다. 나는 비서를 통해서 엘링턴에게 물었죠. 〈저기 말입니다. 당신 악단의 키가 190센티미터나 되는 트럼펫 주자가 갑자기 아파서 마지막 순간에 급히 그 사람 대신 키 작은 주자를 투입하게 되면, 연주복은 어떻게 하십니까?〉 그가 대답하기를, 〈이런, 당신은 정말로 나를 좋아하는군요. 사람들이 나한테 말을 할 때면 언제나 흑인의 영혼이 어쩌고저쩌고하는 말들만 하죠. 당신처럼 정말로 나를 좋아하지 않고서는 그런 식의 현실적인 질문을 할 수가 없단 말입니다. 사실 그 같은 아주 구체적인 문제들 때문에 언제나 골치가 아프거든요. 마지막 순간이면 항상 그런 돌발 사고들이 생기기 마련이죠. 악기 하나가 보이지 않는다거나 악보를 잃어버렸다거나…… 도대체 왜 그런 걸까요? 그런 현실적인 문제들 때문에 정말이지 미치겠습니다〉. 이 정도면 우리의 대화가 어떤 수준이었을지 짐작하겠죠.

**L** 당신은 틀림없이 그의 연주를 많이 들었을 텐데, 실제 공연장에도 자주 갔습니까?

**S** 제법 자주 갔죠, 그럼요. 나를 완전히 기진맥진하게 만드는 추억이죠.

**L** 왜 그렇죠?

**S** 그건 전적인 행복이거든요. 천사들과 함께 있는 기분이니까요. 나의 신을 접견하는 자리 아닙니까. 나는 악단의 이모저모를 꼼꼼히 살피고, 엘링턴이 이런저런 연주자를 어떤 눈길로 바라보는지도 놓치지 않고 세밀하게 관찰합니다. 요컨대 나 자신도 연주에 참석하는 거라고 해야겠죠.

**L** 듀크 엘링턴에게서는 버릴 게 하나도 없다, 모든 게 다 좋다, 이런 말입니까?

**S** 아뇨, 가끔 그도 끔찍한 짓을 했죠. 그렇지만 부단한 노력으로 결국엔 환상적인 음악을 만들어 내게 되었습니다. 그에게 중요한 건 언제 어느 때라도 연주할 수 있는 악단을 가진 것이었어요. 그래서 그가 원할 때면 언제고 그들이 모일 수 있도록 연주자들에게 정규직 급여를 지급했죠. 그 결과 엄청난 돈을 벌어들였고, 세계 순회공연까지 했던 그가 사망했을 때는 은행 계좌에 고작 몇 달러만 남아 있었어요! 그는 몹시 아팠을 때 그와 아주 친했던 클로드 볼링[38]에게 거의 정기적으로 전화를 걸곤 했죠. 전화를 걸고는 볼링에게 전화기를 피아노 가까이에 두

고서 그를 위해 음악을 연주해 달라고 청하곤 했습니다. 볼링이 연주하면, 전화기 너머, 대서양 너머의 듀크 엘링턴은 그 곡을 들었던 겁니다! 근사하죠, 안 그렇습니까?

L 당신만의 재즈 전당엔 제일 먼저 듀크 엘링턴이 입성했나요?

S 나만의 전당이라면? 네, 그렇죠.

L 그다음으로는?

S 그다음으로는 많은 이름을 읊을 수 있죠. 디지 길레스피, 카운트 베이시……[39] 하지만 1번은 어디까지나 듀크 엘링턴입니다. 그가 모든 걸 발명하고, 모든 걸 집대성했으니까요.

L 다른 재즈 음악가들도 만나 보았습니까?

S 그럼요, 많이 만났죠!

L 가령 누구?

S 카운트 베이시…… 토미 플래너건[40]도 만났는데, 그는 피아니스트이면서 엘라 피츠제럴드[41]의 반주자이기도 했죠. 하루는 내가 한 서점에서 사인을 하고 있는데, 한 흑인 신사가 들어오더니 나에게 책을 내밀면서 〈아내에게 주려고요〉라고 말했습니다. 그래서 내가 〈아내는 백인입니까, 흑인입니까?〉라고 물었더니 그가 무척 기뻐했죠. 그러면서 〈그런 걸 물어주시니 정말 친절하군요〉라고 했어요. 나는 내가 절대 하지 말아야 할 바보짓을 했다고 속으로 걱정했는데, 그게 아니었습니다. 그는 기뻐하면서 아내가 첼리스트이며 백인이라고 대답했죠. 그 신사가 바로 토미 플래너건이었습니다.

L 흔히 재즈는 멜랑콜리의 음악이라고들 하죠. 그런데 당신은 그와 반대로 재즈가

---

38  Claude Bolling(1930~ ). 프랑스의 재즈 피아니스트이자 작곡가, 편곡가, 배우이다. 1백여 편이 넘는 영화 음악을 작곡했다.

39  William James 〈Count〉 Basie(1904~1984). 미국의 재즈 피아니스트이자 작곡가. 자신의 밴드인 카운트 베이시 오케스트라를 결성하였다.

40  Tommy Flanagan(1930~2001). 미국의 재즈 피아니스트이자 작곡가. 1962년 피아노 반주자로 엘라 피츠젤러드를 처음 만났고, 이후 오랫동안 그녀의 음악 감독으로 활동했다.

41  Ella Fitzgerald(1917~1996). 미국의 재즈 가수. 즉흥 스타일의 노래로 큰 인기를 얻었다.

흥겨운 음악이며, 멜랑콜리의 이면에는 항상 다소간 유쾌함이 깃들어 있다고 주장합니다. 미스라키, 미레이유, 트레네 같은 사람들의 음악에서 느껴지는 것과 동일한 유쾌함인가요?

S  재즈 음악은 그렇죠. 난 어제저녁에 듀크 엘링턴의 음반을 들었는데, 그가 옛날 음악을 리메이크한 곡들이 수록된 판이었습니다. 그런데 맞아요, 유쾌함이 있었어요. 그리고 그게 바로 대문자로 쓰는 음악이죠!

L  당신이 좋아하는 음악이 그렇다는 말이겠죠.

S  나한테는 그게 그냥 음악입니다.

L  당신이 좋아하는, 당신의 음악이라니까요.

S  내가 자꾸 같은 말을 다시 반복해야겠습니까? 그게 나의 음악입니다! 클래식이건 아니건, 그런 건 아무래도 좋아요!

L  게다가 당신은 듀크 엘링턴의 노래를 듣다가 영어까지 하게 되었다면서요?

S  그렇게 자꾸 나를 놀릴 필요까지야 없지 않소! 어느 날 저녁, 우연 중에도 그런 우연은 드물 텐데, 암튼 보르도에서 미국 라디오 방송을 듣던 중에 난 영어로 말하는 사람들의 소리를 들었죠. 그들 가운데 듀크 엘링턴도 있었고요! 내가 그의 목소리를 먼저 알아들은 참이었는데 이름까지 듣게 되었죠. 대화가 계속 이어지는데, 누군가가 「아임 비기닝 투 시 더 라이트 I'm Beginning to See the Light」에 대해서 이야기를 했습니다. 듀크 엘링턴이 지은 노래거든요. 그는 많은 곡을 썼는데, 그 중에서 노래가 된 것도 적지 않아요. 나는 여자 가수가 부르는 그 노래를 주의 깊게 들었습니다. 아임 비기닝 투 시 더 라이트(그가 음절을 끊어 가며 가수가 부르듯 그 노래를 흥얼거린다)! 나는 단어 하나하나를 다 이해할 수 있었죠. 아임 비기닝, 진행형…… 아임 비기닝 투 시 더 라이트……. 그래서 번역을 해봤습니다. ⟨나는 이해하기 시작한다.⟩ 며칠 후 학교에서 영어 연습 문제가 있었는데, 나는 ⟨I'm beginning to see the light. Because yesterday night I have……⟩라고 이어 나갔습니다. 그러자 영어 선생님이 ⟨네가 어떻게 이걸 알지?⟩라고 묻더군요. 그래서 나는 ⟨네, 진행형 말인가요?⟩라고 되물었습니다. 차마 라디오에서 들었다고는 대답할 수 없어서 결국 ⟨왜냐하면 제가 런던에 갔었거든요⟩라고 거짓말을 하고 말았죠. 사실이 아니었는데 말입니다. 난 늘 거짓말을 했어요. 언제나 나에게

다른 삶을 제공해 주고 싶었으니까요. 영어 선생님은 〈아, 런던에 갔었다고?〉라고 말하셨는데, 난 그 상황을 어떻게 모면했는지 생각도 나지 않아요. 두 시간쯤 벌을 받았던 것도 같고…….

L 그러니까 그 무렵엔 자주 다른 삶을 지어냈단 말이죠?

S 자주 정도가 아니라 노상 그랬어요!

L 그리고 스스로 그걸 믿었나요?

S 나는 내가 말하는 걸 사람들이 믿는지 아닌지 따위는 알려고 하지 않았어요. 중요한 건 내가 거짓말을 하고, 사람들이 진실을, 진짜로 내가 어떻게 사는지를 알지 못하는 거였으니까요. 난 무엇이든 거짓말을 했어요. 난 정말이지 사람들이 내가 아주 힘들게 살고 있다는 걸 알게 되는 게 싫었다고요!

L 그렇다면 음악은 당신이 그 힘든 삶을 잊을 수 있는 유일한 것이었습니까?

S 신문에서 본 몇 장의 그림들도 있었죠. 「달빛」 때와 마찬가지로 난 그 그림들을 보면서도 넋이 빠졌지요. 그래서 속으로 혼자 생각했죠. 도대체 사람이 어떻게 저런 그림을 그릴 수 있지? 아이디어를 찾아내서 척 봐도 개성이 드러나는 스타일로 그려 내느냐 말이지? 하지만 내 삶을 구원해 준 건 음악입니다. 음악이 아니었다면 나는 미쳐 버렸을 거라고 생각해요. 지금보다 훨씬 더 심각하게 말입니다!

〈내가 몹시 좋아했던 사람들이 있고,
그들이 나의 삶을 구원해 줬죠.
그래요, 그 사람들은 유쾌한 사람들이었어요.
내가 사랑하는 사람들은,
비록 이따금씩 비극적인 짓을 한다고 해도,
대체로 유쾌한 사람들입니다.〉

L 프랑스 가수들 중에서는 누구를 높이 평가하나요?

S 샤를 트레네. 마땅히 그렇죠. 물론 그럴 수밖에요. 그는 아주 멋져요.

L 무대에 선 그를 본 적이 있나요?

S 그럼요! 트레네는 말하자면…… 신입니다. 샤를 트레네를 보고 놀라지 않은 가수나 연주자는 없을 겁니다.

L 그런데 도대체 무엇이 우리를 놀라게 하는 걸까요? 자발성? 즐거움? 에너지?

S 일종의 어린아이 같은 공모 의식 아닐까요. 암튼 우리는 트레네에게서 벗어날 길이 없습니다. 그에게는 「모나리자」에 누구도 흉내 낼 수 없는 미소를 선사한 레오나르도 다빈치처럼 아주 예외적인 재능이 있기 때문이죠. 트레네는 멜로디와 리듬, 노랫말 등 모든 것에 뛰어난 감수성이 있습니다. 완벽 그 자체죠. 매우 유쾌한 완벽함이랄까.

L 트레네는 늘 즐겁습니까?

S 아뇨. 즐거운 것처럼 보이죠. 하지만 그에겐 항상 죽음의 그림자가 감돌고 있어요.

L 〈나는 매일 아침 노래를 부른다네.〉 잘 알려진 이 노래도 자살로 끝이 나지요……. 왜, 노랫말이 그토록 암울한 데도, 트레네 하면 즐거운 노래라는 생각이 머리에 박히게 된 걸까요?

S 존재 방식 때문일 테죠.

L 그리고 음악 때문이기도 할까요?

S 그야 물론이죠! 아주 특별한 재능인데, 뭐라고 딱 잘라서 정의하기가 쉽지 않군

요. 샤를 트레네는 피아노를 열심히 공부하지 않았는데 연주를 하죠. 물론 썩 잘하는 연주는 못 됩니다. 그렇지만 그는 어떻게 연주해야 하는지 잘 알아요. 그게 그런 거예요. 그는 그런 사람이라고요.

L 특별히 좋아하는 노래가 있습니까?

S 하나만 고르라니 참 곤란한데, 「도시를 떠나며En quittant une ville」는 아무리 들어도 질리지 않아요. 에메 바렐리가 트럼펫으로 기가 막히게 반주를 넣는 부분이 있어서 그럴지도 모르죠. 에메 바렐리는 정말 뛰어난 음악가였습니다.

L 그러니까 바렐리의 트럼펫 때문에 그 노래를 좋아한단 말이로군요?

S 그렇죠, 아마도! 하지만 나를 황홀하게 만드는 건 아무래도 노랫말과 선율이 어우러진 전체죠! 순수한 환희 그 자체라니까요! 나에게 폴 미스라키와 샤를 트레네는 거의 같은 수준의 뮤지션입니다.

L 그런데 이상하게도 샤를 트레네는 여전히 칭송을 받는 반면, 미스라키는 잊힌 지 오래입니다…….

S 여러 세기 동안 베르메르도 세간에서 잊혔죠. 그런데 지금은 어떻습니까? 루브르 박물관에서 관람객들을 맞이하고 있지 않습니까.

L 미스라키가 언젠가는 화려하게 부활할 거라고 생각하나요?

S 샤를 트레네는 어째서 미스라키가 돌아올 필요가 없는지 아주 잘 설명했습니다. 그는 여전히 대중들 속에 있기 때문입니다. 그는 전 세계적으로 널리 알려져 있습니다. 〈모든 게 다 잘되어 갑니다, 후작 부인. 행복을 위해 무얼 더 기다린단 말입니까?〉, 누구나 이 노래 「행복해지기 위해서 무엇을 기다린단 말인가?」를 다 알아요. 그가 지은 노래죠. 사람들이 작곡가의 이름을 모를 뿐입니다. 샤를 트레네가 노래한 「시인의 영혼 L'Âme des poètes」도 마찬가지입니다. 우리는 자기들 심장이 누구를 위해 뛰는지도 모르는 채 랄랄라 흥얼거렸죠. 〈시인들이 사라지고 나서 아주 오랜 시간이 흘러도 그들의 가벼운 영혼, 그들의 노래는 남아서 소년 소녀들, 부자나 가난한 예술가 방랑자들을 기쁘게도, 슬프게도 만든다네.〉

L 미스라키는 그 노래를 하룻밤 만에 썼다고들 하던데요.

S 맞아요, 님에서 순회공연 중이던 레이 벤투라의 부탁을 받고 썼죠. 악단의 첫날 공연은 대단한 성공이었다고는 할 수 없었고, 그래서 레이 벤투라는 공연 마지막에 새로운 노래를 하나 연주해서 관객들에게 깊은 인상을 남기고 싶어 했어요. 린 르노[42]의 남편인 룰루 가스테[43]가 이런 말을 했다더군요. 〈내가 여행 중인 한 부인의 이야기를 알고 있는데, 그 부인은 전화를 걸 때마다 재앙에 가까운 소식만 들었답니다. 그래서 그 부인을 위로하기 위해 계속해서 《걱정 말아요, 모든

---

42  Line Renaud(1928~ ). 프랑스의 가수이자 영화배우로 1960년대에는 미국 라스베이거스에서도 공연 활동을 했다.

43  Louis 〈Loulou〉 Gasté(1908~1995). 프랑스를 대표하는 작곡가로 무려 1천2백여 곡을 작곡했다. 자신이 발굴한 가수 린 르노와 1950년에 결혼했다.

게 다 잘될 테니까요, 후작 부인》이라고 반복해서 말해줘야 했다는군요.〉 그 말을 듣고 미스라키는 친구들과 노래를 쓰기 시작했다죠. 하룻밤 사이에 그는 카망베르 치즈 조각을 먹어 가면서 곡과 노랫말을 완성했답니다. 나도 들은 얘기예요. 새벽에 노래가 완성되었고, 그날 저녁 엄청난 성공을 거두었죠. 그런데 며칠 후, 당시 제법 이름을 날리던 만담가 듀오 〈바흐와 라베른〉이 그 후작 부인 이야기는 자기들 레퍼토리에 오래전부터 올라 있는 내용이라고 주장했습니다. 그래서 레이 벤투라 악단 주자들은, 정직하게도, 그렇다면 당신들에게 저작권을 지급하겠다고 말했죠. 그랬더니 얼마 후 또 다른 사람이 나타나서 자기 몫을 달라고 요구했고, 이렇게 해서 결과적으로 스물다섯 명이 저작권료를 받았고, 한 푼도 못 받는 사람도 생겼죠. 너무 많은 사람에게 나누다 보니, 너무 정직하다 보니 그렇게 되었다, 이런 말이죠…….

L 당신도 그 노래가 여러 차례에 걸쳐 정치적으로도 이용되었던 사실을 알고 있죠? 1936년 파업 때만 해도, 〈모든 것은 잘되어 갑니다, 에리오 씨〉[44]가 있었고, 심지어 라디오 런던의 전파를 타고서 〈모든 것은 잘되어 갑니다, 총통 각하〉까지 퍼졌죠.

S 그랬죠, 정말 그랬죠! 난 그런 이야기라면 입에 올리고 싶지도 않습니다!

L 요즘 가수들 중에도 그와 같은 경쾌함을 보여 주는 사람이 있습니까?

S 아뇨……. 빌 에번스[45]라고 아주 유명한 재즈 피아니스트가 그의 조카에게 바치려고 쓴 「데비를 위한 왈츠Waltz for Debby」라는 곡이 있습니다. 아 참, 그런데 질문이 정확하게 뭐였죠?

L 오늘날 미스라키, 트레네, 미레이유 같은 경쾌함을 지닌 뮤지션들이 있느냐고요?

S 혹은 거슈윈이나……. 아뇨, 어느 시점에선가 그 맥이 끊겼습니다. 요즘엔 경쾌함을 수상쩍은 눈으로 보는 것 같습니다. 제2차 세계 대전이 일어나기 전까지 아주 오랫동안 미스라키를 포함하여 많은 사람이 경쾌한 곡들을 썼죠. 마치 재앙

---

44  Édouard Herriot(1872~1957). 프랑스의 〈급진 사회당〉 총재였다. 여러 번 수상 또는 각료가 되어 평화 외교를 추진하였고, 제2차 세계 대전 후에는 국민 의회 의장이 되었다.

45  Bill Evans(1929~1980). 미국의 재즈 피아니스트로 정통 재즈에 대한 창의적 해석과 노래하는 듯한 선율로 많은 피아니스트에게 영향을 주었다.

이 임박했음을 몸으로 느끼기라도 한 듯 말입니다. 우선 실컷 웃고, 뒷일은 그 때에 가서 생각하자는 식이었다고 할까요. 암튼 감미로운 미레이유와 그의 동료 장 노앵[46]을 비롯한 모든 작곡가가 멋진 곡들을 내놓았습니다. 〈자작이 다른 자작을 만나면 무슨 이야기를 할까? 자작 이야기를 할 테지.〉 어때요, 대단하지 않나요? 〈후작 부인이 다른 후작 부인을 만나면 서로 무슨 이야기를 할까? 후작 이야기를 할 테지.〉 감탄할 만하죠! 그 익살스러움에 탄복할 정도죠. 경쾌함을 알던 시대였어요. 유감스럽게도 끔찍한 1914년 전쟁을 겪고 난 끝에 얻은 교훈이었죠. 작곡가, 배우, 작가 들이 그때 겪은 참담한 불안감에서 벗어나 비로소 얼마간 삶의 경쾌함을 되찾아 가는 중이었으니까요. 그 생각을 하면 가슴이 짠해요. 얼마 지속되지 않았으니까요…….

L  일부 지도자들의 광기가 경쾌함을 말살시켰다?

S  멍청이들이 자기에 대해서 감언이설을 써대는 동안 스탈린 영감이 수천 명을 대량 학살하면서 레닌이 너무 잔인했다고 말하는 건 어떤 의미에서는 굉장히 코믹하기도 합니다. 자기는 그보다 훨씬 많은 사람을 눈도 깜짝 하지 않고 죽이면서 말입니다. 참으로 끔찍한 일이었죠. 그러니 유쾌함이, 경쾌함으로의 초대가 절실했던 겁니다. 마치 인류가 머지않아 레닌, 스탈린, 마오쩌둥, 히틀러, 무솔리니 같은 무모한 자들과 더불어 절대적 비극의 구렁텅이에 떨어질 것을 예견이라도 한 것처럼 말입니다. 닥치는 대로 총을 겨누다니 참으로 경을 칠 자들 아닙니까.

L  오늘날에도 여전히 경쾌해질 자유는 자취를 감춘 상태일까요? 선의의 시대는 이제 막을 내렸을까요? 바야흐로 모두가 심각해졌다고 말하고 싶은 건가요?

S  아, 네, 그래요! 무거움, 둔중함, 굼뜸이 가벼움을 대신하게 되었죠.

L  논증적인가요?

S  자기도취적이죠. 미레이유가 〈시작도 끝도 없는 작은 길〉이라고 쓸 땐 우아함이 느껴집니다. 감미롭고 경이롭죠.

L  대놓고 강요한다기보다 은근히 암시하니까. 꿈꾸게 만들고. 낙관적인 세계로 눈길을 돌리라는 제안일까요? 희망적이며 너그러운 세계? 경쾌하면서 약간 시대

---

46  Jean Nohain(1900~1981). 프랑스의 극작가, 작사가, 시나리오 작가이자 라디오 프로듀서였다.

착오적이기도 하고, 다소 경박하기도 한 그런 노래 속에, 당신 말씀대로라면, 나름대로의 인생관이 담겨 있다는 건가요? (웃음)

전혀 아닌가요?

**S** 〈지하철에 사람이 많을 땐 어디를 붙잡아야 할지 도통 알 수가 없다네. 어제 웬 부인이 고함을 질렀지.《이봐요, 당신 지금 어디를 잡은 거예요?》난 그 부인에게 말했어. 그렇게 소란 피울 일은 아닌 것 같은데요.〉[47] 인생관이라고 하기엔 너무 거창하고…… 하지만 이 곡조와 노랫말엔 지금은 사라져 버린 무언가가 있고, 그 무언가를 우리는 순박함이라고 부를 수 있을 겁니다. 그건 아주 프랑스적이고, 웃음을 자아내죠, 전혀 심술궂지 않거든요.

**L** 선의와 순박함, 일종의 예의 바름이 있다?

**S** 그렇죠, 그리고 너그러움. 내가 파리에 처음 왔을 때 놀란 건 바로 그 순박함이었습니다. 경쾌함이 이미 사라진 뒤였죠. 비극적인 소식 때문에 매일 겁에 질려 살던 무렵이었으니까요. 그래도 여전히 마음속으로는 경쾌함을 지닌 사람들이 있었죠. 참호에서도 아침에 일어나면서, 일어나서 구정물만 쏟아 내는 수도꼭지로 세수하러 가면서도 휘파람을 불러 젖히는 사람들 말입니다.

**L** 결국 어떤 상황에서도 경쾌함과 유쾌함을 잃지 않는 사람들이 있다는 말이로군요.

**S** 그게 바로 장 아누이[48]의 유명한 정의 아니겠습니까. 나는 그 때문에 몇 년 동안이나 웃음거리가 되었지만 말입니다. 무슨 이유 때문인지 난 그 말이 파스칼이 한 말이라고 여기면서 거듭 반복해서 인용하곤 했거든요. 〈인간은 위로가 불가능한 유쾌한 동물이다…….〉

**L** 당신은 유쾌한 존재입니까? 유쾌하기보다는 위로가 불가능한 쪽입니까, 아니면 위로가 불가능하기보다는 유쾌한 쪽입니까?

**S** 내가 보기엔 유쾌한 쪽입니다. 어렸을 땐 늘 유쾌했어요.

**L** 여러 주변 상황에도 불구하고 말입니까?

---

47   레이 벤투라 악단을 위해 폴 미스라키와 앙드레 오르네가 1936년에 작곡한 「그렇게 결정할 일은 아니에요Ça vaut mieux que d'attraper la scarlatine」의 가사.

48   Jean Anouilh(1910~1987). 프랑스의 극작가로 사회와 시대를 넘어서서 존재하는 개인의 타락을 그렸다.

S 다른 사람들 덕분에! 내가 몹시 좋아했던 사람들이 있고, 그들이 나의 삶을 구원
  해 줬죠. 그래요, 그 사람들은 유쾌한 사람들이었어요. 내가 사랑하는 사람들은,
  비록 이따금씩 비극적인 짓을 한다고 해도, 대체로 유쾌한 사람들입니다.

L 그렇다면 오늘날에도 당신은 여전히 유쾌합니까?

S 지금 나는 유쾌한데, 그건 내가 약간 노망이 들어서 나의 허물이 다시금 고개를
  들었기 때문입니다.

L 그렇다면 그 사이엔 위로가 불가능했겠군요?

S 아, 네, 그래요. 난 늘 그래요. 듀크 엘링턴 이야기만 나오면 눈물이 나거든요. 죽
  은 엘링턴 때문에 내가 울면서 잠에서 깨어난 지 벌써 여러 해 되었어요.

L 그렇지만 누구나 다 죽게 마련이죠…….

S 네, 그렇지만 그이는 내가 너무 좋아했으니까.

L 솔직히 말해서, 당신이 그보다 먼저 죽었다면 더 좋았을 것 같은가요?

S 그렇다고 너무 과장해서도 안 되죠.

L 요즘은 비장한 시대가 되어 버렸지만, 그럼에도 노래 속엔 얼마간의 경쾌함이 남
  아 있을 수도 있지요. 가령 보비 라푸앵트[49]의 경우처럼…….

S 그 방향으로 간 자들은 딱하게도 모조리 죽임을 당했습니다.

L 무슨 뜻이죠?

S 어느 날부턴가 이데올로기라는 것이 끼어들더니 사람들에게 심각해지라고, 진
  지해져야 한다고 부추겼죠.

L 그런다고 시키는 대로 합니까?

S 당신도 전 세계 사람들에게 다 알려진 그 유명한 사진을 봤을 겁니다. 나치의 회
  합 사진 말입니다. 누구나 다 팔을 들어 올리는데, 한가운데에 있는 자가…….[50]

L 그 사람만 팔짱을 꼈죠.

---

49  Boby Lapointe(1922~1972). 본명은 장프랑수아 조셉 파스칼 라푸앵트. 〈보비〉라는 이름으로 활동
    한 가수이자 영화배우. 재치 넘치고 장난기 가득한 노래로 인기를 얻었다.

50  이 사진은 1936년 6월 13일 히틀러가 참석한 해군 함정 진수식의 한 컷이다. 나치식 거수 경례를
    거부한 이 남자는 당시 함부르크 조선소 직원이자 나치 당원이었던 〈아우구스트 란트메서〉였다. 그
    는 유대인 여성과 약혼하면서 당으로부터 쫓겨났으며 결국 군대에 끌려가 실종되었다.

S 이 얼마나 대단한 용기입니까!

L 가수들 사이에서, 음악에서, 경쾌함이 사라졌다…….

S 우리에게 그걸 가져다준 건 미국 사람들이었습니다. 프랭크 시나트라[51]가 세상을 떠난 지금, 어느 누구도 자신이 대중가요계의 가수라고 자신 있게 말할 수 없습니다……. 자기들의 생각을 보여 주려는 가수들만 너무 많거든요!

L 시나트라의 노래를 자주 들었습니까?

S 우연히, 오다가다 들었습니다. 그의 레코드판을 손에 넣지 못했거든요. 아니 딱 한 장 있는 것 같습니다.

L 시나트라의 어떤 점이 마음에 드나요?

S 일단 목소리가 기가 막히죠. 나도 알아들을 수 있는 영어를 구사하고. 그리고 노래를 너무 잘 불러요.

L 그는 소위 〈크루너Crooner〉라고 하는 가수의 대표 주자 격인가요?

S 네, 사람들이 한때 그를 크루너라고 불렀죠. 하지만 지금 그는 단연 모든 가수 가운데 최고입니다.

L 크루너는 정확하게 무엇을 뜻합니까? 크루너가 뭐냐고요?

S 크루너란 매혹적인 목소리를 가진 가수를 가리킨다고 봐야죠. 프랑스에서라면 가령 장 사블롱[52] 같은 가수. 그런데 프랭크 시나트라는 비교할 것도 없이 그냥 최고입니다!

L 시나트라 이후로 당신이 보기에 아무도 없습니까?

S 아, 없어요! 이제 끝났습니다. 한 시대가 저문 겁니다. 내가 나의 경이로운 듀크 엘링턴을 안타까워하는 것도 다 그런 이유 때문입니다. 그가 세상을 떠난 뒤로 재즈는 끝났다고 생각하거든요.

L 아, 정말 그렇습니까?

S 그럼요. 나한테는 그렇습니다. 물론 다른 것들이 있긴 하죠. 다른 많은 것이 있긴

---

51 Frank Sinatra(1915~1998). 미국의 가수이자 영화배우. 1946년 「프랭크 시나트라의 목소리The Voice of Frank Sinatra」로 빌보드 차트 1위에 올랐다.

52 Jean Sablon(1906~1994). 프랑스의 가수, 작곡가, 배우. 프랑스에서 재즈 가수로 성공하였으며 미국에서도 활동하였다. 부드럽고 그윽한 목소리가 특징이다.

하지만, 내가 사랑한 것, 내가 사랑하는 건 아니죠.

L 당신은 그런 것에 대해서 아무것도 강요하지 않는 음악, 스스로를 진지하게 여기지 않는 음악이라고 말하는데, 그건 동시에 당신이 그리는 유머러스한 그림에 대해서도 적용 가능한 정의가 될 수 있을까요?

S 내가 알기로, 이 말이 사실이었으면 좋겠는데, 내가 사랑하는 듀크 엘링턴은 재즈와 클래식 음악과의 관계는 유머러스한 그림과 고전 회화의 관계와 같다고 말했습니다. 난 그가 정말로 이렇게 말한 거라면 진짜 좋겠다고 생각합니다. 난 그 문장을 몇 번이고 반복해서 말하고 싶어진다니까요!

L 세계관을 강요하지 않겠다는 의지와 더불어……

S 어느 시점에선가 모두들 인기 영합주의적인 태도를 보였습니다. 히틀러, 스탈린, 레닌, 무솔리니, 심지어 몇몇 예술가처럼 대단히 두뇌가 명석한 자들이 그런 걸 고안해 냈죠. 포퓰리즘은 그것이 인간을 비굴하게 만든다는 점에서 대단히 끔찍한 겁니다. 사람들은 스스로 깊이가 있다고 믿죠. 사실은 남들이 자기들에게 어리석어질 것을 강요하는 데 말입니다. 그런데 경쾌함은 어리석음과 정반대죠.

L 시대가 유머러스한 그림마저 사라지게 하고 있습니다…….

S 유감스럽게도 사실이에요!

L 그러고 보니 당신은 화석 같은 존재로군요.

S 그렇게 우아하게 말씀하시니 당신을 존경하지 않을 수 없죠. 솔직히 나도 몹시 불안합니다.

L 사실 프랑스엔 더 이상 유머러스한 삽화라는 장르가 존재하지 않습니다……. 있다 해도 아주 드물고요.

S 앵글로색슨 문화의 요람이라고 할 수 있는 미국도 사정은 마찬가지입니다.

L 오늘날엔 누가 그 같은 경쾌함을 지니고 있을까요? 누가 세상을 그런 눈으로 바라볼까요?

S 하긴 이 세상에 뮤지션이나 삽화가만 있는 건 아니니까요. 화가도 많죠. 예를 들어 라울 뒤피 같은 화가 말입니다. 사람들은 그를 비웃지만, 그에겐 경쾌함이 살아 있습니다. 우리 삶의 평온함과 조화로움을 그린 베르메르도 그렇고요. 그것들은 경이롭습니다. 어찌나 섬세하고 깊이가 있는지, 보는 사람을 미치게 합니다. 최근에 난 루브르 박물관에 가서, 엄청난 관람객에도 불구하고, 누구나 다 아는 「우유 따르는 여인」을 보는 데 성공했습니다. 정말 경이롭더군요. 그걸 보면 당장 그 그림을 품에 안고서 우유 따르는 여인에게 입 맞추고, 그 여인이 따르는 우유를 마시고 싶어집니다. 게다가 그 집에 하프시코드라도 있다면 평화로운 곡으로 한 곡쯤 멋들어지게 연주도 하고 싶어집니다. 바흐의 「예수, 나의 기쁨Jesu, meine Freude」 같은 곡을 작곡하고 싶은 마음도 들고 말입니다. 아, 만약 그렇게 성

101

공한다면, 모든 것은 평온하고 모든 것이 다 좋겠지요. 고양이들이야 계속 쥐를 잡아먹겠지만, 그거야 뭐 어떻겠습니까.

L 당신에게 「우유 따르는 여인」은 이를 데 없는 경쾌함을 보여 주는 그림입니까?

S 무한한 부드러움을 표현한 그림이죠. 부드러움과 가벼운 감정. 그 그림엔 죽음이 란 존재하지 않아요. 경이로운 세계죠. 이 빛은 어디에서 옵니까? 이 평온함은 또 어디에서 오고요? 그리고 선의가 모든 것을 관통하고 있습니다. 당신은 알고 있을 겁니다, 당신은 나를 잘 아니까. 내가 앞뒤 잴 것 없이 그냥 한마디로 미쳤을 뿐 아니라 몇몇 사람에게 특별히 미쳐 있다는 걸 잘 알아요. 예를 들자면, 나는 바실리 그로스만이라는 작가에 미쳤습니다. 그는 자기 책이 출판된 것을 보지 못하고 죽었으며, 생전에 내내 KGB의 공산주의자들에게 박해를 받았습니다. 그들이 그의 책 출간을 금지했죠. 그 책을 읽어 보면 ─ 사람들은 그 책을 몰래 돌려 가면서 읽었죠 ─ 그가 감금부터 시베리아 유배에 이르기까지 모진 고난을 겪었음을 알게 될 겁니다. 그런 그가 〈나는 선의를 믿는다〉고 말하면서 생을 마감했습니다. 선의는 모든 것입니다. 그냥 그런 거예요. 실제로 그 선의라는 게 존재하죠.

L 당신이 좋아하는 뮤지션이며 가수들, 예술가들은 선의를 믿습니까?

S 아, 그들이 그걸 믿는지 아닌지는 내가 잘 모르겠지만, 여하튼 그들은 선합니다.

L 그러는 당신은, 선합니까? (모두 박장대소)
경쾌한 가수들 가운데 당신은 미레이유에 대해 잠깐 언급했습니다만……

S 미레이유는 작곡가죠! 아주 뛰어난 멜로디를 만들어 낸다고요. 미레이유는 정말 놀라워요. 나는 그녀가 거슈윈이나 어빙 벌린[53] 같은 미국 천재들과 맞먹는다고 생각해요.

L 그녀가 노래를 부를 때는 어때요?

S 그녀가 장 사블롱과 같이 노래를 부를 땐, 괜찮아요, 마음에 들어요. 하지만 나를 감동시키는 건 작곡가로서의 미레이유죠.

L 가수가 아니라…….

S 네. 하지만 프티 콩세르바투아르는 멋진 아이디어였습니다![54] 때로는 거슬리기

---

53  Irving Berlin(1907~1971). 러시아 태생으로 미국 역사상 최고의 작곡가이자 작사가로 손꼽힌다.

도 했습니다만. 그래도 다양한 재주꾼들 ─ 그들 가운데 대다수는 유대인이라는 이유 때문에 크게 웃어 보지도 못했죠 ─ 이 모여서 함께 멋진 곡을 쓰고 노래를 불렀죠. 멋지고 유쾌한 곡들을 말입니다! 그래요, 태양이 그들의 증인이었죠.

L 요즘 가수들 중에서는 누구를 높이 평가하나요?

S 갱스부르.[55] 나는 그의 노래들 가운데에서 그가 프레베르의 「고엽」을 비튼 노래를 아주 좋아합니다. 〈오, 나는 당신이 기억하기를 바라오. 이 노래는 당신의 노래, 당신이 제일 좋아하던 노래라는 걸 말이오. 내 기억에 이 노래는 프레베르와 코스마가 만든 노래로 알고 있는데⋯⋯〉[56] 아주 은근하면서 눈이 부시죠.

L 그래도 굉장히 경쾌하다고는 할 수 없겠는데요⋯⋯. 이별 노래니 말입니다.

S 네, 동의해요. 사랑의 종말이죠. 하지만 그래도 아주, 아주 아름다워요. 그리고 가볍고요.

L 갱스부르를 만나 본 적이 있나요?

S 아뇨. 아니, 한 번 만났군요. 우리는 악수를 했죠. 사람들이 아주 많은 곳에서 악수를 하고는⋯⋯ 그걸로 끝이었어요.

L 프랑수아즈 아르디[57]는 당신도 잘 아시죠. 그녀는 음반을 발표할 때마다 그걸 모두 당신에게 헌정하지 않았습니까.

S 네, 그리고 그 음반들을 나한테 줬죠.

L 자주 들었습니까?

S 그럼요, 내가 좋아하는 노래들이죠. 프랑수아즈 아르디의 노래가 라디오에 나오

---

54 콩세르바투아르는 음악 교육 기관을 의미하는 단어로, 미레이유가 만든 〈프티 콩세르바투아르〉는 교육을 받지 못한 다양한 가수들을 위해 그녀가 음악을 가르쳐 주는 샹송 프로그램이었다. 초기에는 라디오 프로그램으로 방송되었고 1960년부터 1974년까지는 TV 프로그램으로 선보였다.

55 Serge Gainsbourg(1928~1991). 프랑스의 싱어송라이터 겸 배우. 록, 재즈, 레게 등 다양한 장르를 샹송에 접목시켰으며 독특한 개성으로 세계에서 영향력이 큰 대중음악가로 평가받았다.

56 세르주 갱스부르가 1961년에 발표한 「프레베르의 노래La chanson de Prévert」의 가사로 「고엽」의 첫 문장을 인용하였다. 가사에 나오는 코스마는 「고엽」을 노래로 만든 작곡가 조제프 코스마를 말한다. 갱스부르는 〈고엽les feuilles mortes〉이라는 단어에 대치하여 〈죽어 버린 사랑les amours mortes〉을 가사에 붙였다.

57 Françoise Hardy(1944~ ). 프랑스의 가수이자 영화배우. 직접 작사와 작곡을 하며 앨범을 발표하고, 그중 「모든 소년과 소녀들Tous les garçons et les filles」은 프랑스 내에서 2백만 장이 팔렸다.

면, 난 그걸 들으면서 무척 즐거워했죠.

L 그러면, 기 베아르[58]는 좋아하나요?

S 그는 쉽지 않아요. 가끔 참을 수 없을 때도 있고요. 늘 자기도취에 빠져 있는 것 같거든요. 그래도 아름다운 곡을 많이 썼죠.

L 쥘리에트 그레코[59]는 매력이 있던가요?

S 나쁘지 않아요! 노래를 부를 줄 아는 것 같아요…….

L 알랭 수숑[60]은? 높이 평가하나요?

S 나는 그가 녹음한 레코드 가운데 한 장의 재킷을 위해서 여러 장의 그림을 그린 적이 있습니다. 즐거운 작업이었죠. 소아암과의 투쟁을 위해 만든 앨범 「그들 때문에A cause d'elles」의 재킷이었는데, 솔직히 그의 음악 작업에 대해서는 그다지 잘 알지 못합니다. 그렇지만 그가 우리 시대에 대해서 매우 부드러워 보이는 방식으로, 성공적으로 노래한다는 느낌은 가지고 있어요. 타고난 우아함 덕분에 그는 피상적이지 않으면서도 경쾌함을 유지할 수 있는 것 같습니다. 그가 〈사람들은 우리를 클라우디아 쉬퍼하네, 사람들은 우리를 폴루 슐리처하네〉[61]라고 노래할 땐 재치 있고 재미있더군요. 마치 샤를 트레네가 〈난 다 써버린 토요일 저녁과 활기 충만한 일요일 아침을 바꾸면 좋겠어〉라고 노래할 때와 비슷한 거죠. 그리고 그는 매력적인 사람이죠. 수줍음을 많이 타지만 매력적인 남자.

L 그러고 보니 당신은 흔히 〈예예Yé-yé〉 물결이라고 부르던 음악계의 움직임은 아예 건너뛰는군요.

S 난 한 시대를 풍미하던 그 가수들이 전혀 내 취향이 아니라고 여겼습니다. 난 우리가 음악에 대해 이야기하기로 한 걸로 알고 있는데요! 1984년에 나온 미셸 르

---

58  Guy Béart(1930~2015). 프랑스의 싱어송라이터이자 가수. 1958년 영화 「강은 부른다」의 주제가를 만들고 부르며 이름을 알렸다.

59  Juliette Gréco(1946~2016). 프랑스의 유명 샹송 가수이자 배우. 철학적인 가사들을 시를 읊듯이 나직하게 부르는 스타일로 유명했다.

60  Alain Souchon(1944~ ). 프랑스의 싱어송라이터이자 배우. 팝, 록, 뉴 웨이브, 테크노 등 다양한 장르를 넘나들며 열다섯 장의 앨범을 발표했다.

61  클라우디아 시퍼는 독일 출신의 세계적 톱모델이며 폴루 슐리처는 프랑스의 금융가이자 작가이다.

그랑의 노래가 있는데, 내가 보기엔 그 노래가 그 시기를 대하는 나의 감정을 잘 요약하는 것 같습니다. 합창단이 쉬지 않고 〈예Yeah, 예Yeah, 예Yeah〉만 반복하거든요. 그게 그 시대의 요약이 아니면 뭐겠습니까!

L 그보다는 록 음악을 선호하나요?

S 오! 그건 무엇을 록이라고 부르느냐에 달렸죠. 실존주의자들이 지하 창고에서 춤출 때 부르는 노래를 록이라고 한다면, 그건 미국에서 건너온 춤의 한 방식을 가리키는 것이고, 음악으로서의 록, 즉 로큰롤은 내가 보기에 파렴치함 그 자체입니다. 우스꽝스러운 거죠…….

L 수백만 명을 열광시키는 파렴치함이라…….

S 그럴 수도 있겠죠, 하지만 나는 그런 건 전혀 상관하지 않아요! 나한테 그건 괜히 무겁기만 한 미련한 음악이니까요! 당신도 아시다시피, 난 항상 내 말의 무게를 재어 가면서 말하는 사람입니다!

알랭 수숑이 암 퇴치를 위해 만든 앨범 「그들 때문에」를 위한 그림들.

벌써 연습 시작했니?

이건 무도회 수첩이야. 이걸 어떻게 사용하는지 가르쳐 줄게. 제일 먼저 너한테 춤을 청하는 청년의
이름을 적은 다음, 그 앞에 춤 한 번 — 어쩌면 두 번이 될 수도 있겠지 — 이라고 덧붙여.
두 번째 청년에 대해서도 마찬가지고, 계속 이런 식으로 채워 나가는 거지.

지금부터 인간 말살을 목표로 하는 과도한 기계 문명에 대한 직접적인 저항의 뜻에서
노래를 한 곡 부르겠습니다.

〈몸이 저절로 덩실거려지다니 대단한데,
머리 안 망가지게 조심해!〉

S 하루는 가브리엘 천사가 힘차게 날갯짓을 하여 온 사방에 깃털까지 뿌리면서 내 집에 찾아왔습니다. 천사가 말하기를 높이 계신 분들께서 나에게 호의를 베풀어 주기로 결정하셨다면서 묻더군요. 〈너는 누구처럼 연주를 하고 싶은 거냐? 발터 기제킹?〉[62] 그래서 내가 대답했죠. 〈아, 네, 기제킹, 그는 정말 놀랍죠. 하지만 아 닙니다, 절대 아니에요. 호로비츠[63]냐고요? 제일 위대한 그 블라디미르 호로비츠 말인가요? 아뇨, 아니죠…….〉 가브리엘 천사가 신경질적으로 날개를 퍼덕이더 니 다시 물었죠. 〈그럼 도대체 누구처럼 연주하고 싶단 말이냐? 글렌 굴드?〉[64] 내 가 마침내 이름을 댔습니다. 〈글렌 굴드라면 내가 몹시 좋아하긴 하나, 내가 원하 는 건 그처럼 연주하는 건 아닙니다. 난 듀크 엘링턴처럼 피아노를 치고 싶어요. 그처럼, 정확하게 그처럼.〉

L 천사는 당신에게 깃털 몇 개는 주었지만, 당신 소원을 들어주진 않았군요…….

S 유감스럽게도! 그는 아마 마리아를 보러 갔을 때처럼, 목수와 결혼하고 얼마 후

---

62 Walter Wilhelm Gieseking(1895~1956). 독일의 피아니스트로 스승 라이머와 함께 『현대 피아노 연주법』을 만들었다.

63 Vladimir Horowitz(1903~1989). 소련 태생의 미국 피아니스트이다. 뛰어난 기교와 음악성으로 20세기 최고의 피아니스트 중 한 사람으로 평가된다.

64 Glenn Gould(1932~1982). 캐나다 출신의 천재 피아니스트. 굴드는 바흐의 「골드베르크 변주곡」 을 독창적으로 연주하여 전 세계의 사랑을 받았지만 청중을 두려워하고 타인과의 만남을 기피한 고독한 연주가였다.

에 예수를 낳은 그 마리아 말입니다, 나에게도 무언가를 불어넣어 주었을 텐데, 다만 그게 그다지 효력이 없었던 게죠. 가브리엘 천사는 나한테 한 가지 조언을 해주는 선에서 만족했습니다. 〈이제 연습을 하거라, 열심히 연습을 하면 너도 알게 될 거다, 반드시 그렇게 될 것이다!〉 네, 솔직히 그날 가브리엘 천사가 나를 약간 실망시킨 건 분명 사실입니다.

L 그래서 당신은 그의 조언을 따랐나요?

S 난 듀크 엘링턴 흉내를 내기 위해 몇 시간이고 피아노 앞에 앉아 있었죠. 그는 말이죠, 어떤 음을 필요로 할 때 바로 전에 나오는 음을 살짝 치고, 두 번째 음은 그보다 세게 쳤어요. 그러면 약간의 차이가 생기는데, 사람들은 이 차이를 대번에 알아차리지 못하죠. 그런데 그는 본능적으로 그걸 해요. 반면에 나는 몇 시간이고 피아노 앞에 앉아 있어도 제대로 못 해내죠. 자, 보세요! (그가 피아노 앞에 앉는다) 내가 레를 칩니다. 레 앞엔 도가 있어요. 그러니까 도는 가볍게 치고, 레는 약간 꾹 눌러서 강조하는 겁니다. 그러면 큰 차이가 생겨서 나 같은 사람은 평생 그 차이 때문에 황홀해하는 거죠. 어렸을 땐 그게 너무 이상했어요. 나중에야 그렇게 하면 〈스윙〉이 생겨난다는 걸 배웠습니다. 스윙이란 〈흔드는〉 거죠.

L 하지만 당신은 그다지 성공적으로 〈흔들지〉 못하는 것으로 알고 있는데요?

S 그야 물론 그렇죠!

L 확실히 재능이 별로 없으셨던 모양이군요. (웃음)

S 맞아요. 난 듣는 건 좀 하는데, 재능이 없어요. 듀크 엘링턴은 대충 이런 내용의 가사를 가진 노래를 한 곡 썼습니다. 〈당신이 하는 것은 나쁘지는 않지만, 스윙이 없으면 아무런 의미가 없죠.〉[65] 스윙이란, 스윙이 없다면 당신이 하는 일이 아무런 의미도 없게 만들어 버리는, 눈에 띄지 않는 미세한 흔들림이란 거죠……. 무지 웃기는 음반을 발표한 두 젊은이가 있습니다. 이 두 프랑스 청년은, 〈몸이 저절로 덩실거려지다니 대단한데, 머리 안 망가지게 조심해!〉라고 노래했는데, 난 그걸 듣고서 한참 웃었습니다. 재미있잖아요.

---

65 듀크 엘링턴이 1932년에 발표한 곡 「(스윙이 없다면) 아무 의미가 없다It don't mean a thing (If it ain't got that swing)」를 말한다.

118

L 그 말을 들으니 떠오르는 생각인데, 혹시 당신이 스윙 재능이 없는 건 노상 머리 모양이 망가질까 봐 두려워하기 때문인가요?

S 난 한때는 나에게도 스윙이 있다고 생각하는 만용을 부렸는데, 내가 〈이 모든 건 나쁘지는 않지만, 당신에게 스윙이 없으니 그 모든 건 아무 의미가 없다〉는 말을 영어로 할 줄 모른다는 게 문제였죠!

L 그렇다면 형편없는 영어 실력 때문에 스윙 주변에서만 맴돌았다는 말이로군요?

S 그래요. 잘난 척하는 것처럼 들릴 수도 있지만, 나는 내 안에 스윙이 녹아 있다고 생각해요. 다만 가브리엘 천사가 충고했듯이 그걸 열심히 갈고닦았어야 했어요.

L 천사의 방문까지 받은 적은 없어도 당신의 친구 사샤 디스텔[66]에겐 스윙이 있었죠?

S 사샤 말입니까? 아, 물론이죠! 그는 아주 감미롭고 멋진 곡을 썼어요. 프랭크 시나트라가 그 곡을 불렀죠. 「아름다운 인생La belle vie」 말입니다. 난 그 노래를 들을 때마다 가슴이 뭉클해요. 누구든 사샤 디스텔을 보면 죽음을 잊었죠. 그는 적당히 그을린 얼굴에 흰머리라고는 하나 없는 머리, 새하얀 치아, 환한 미소, 건강미 넘치는 적당한 근육을 내보이면서 나타나곤 했죠. 그러면 나는 혼자 생각했어요. 〈흠, 이게 바로 죽음은 존재하지 않는다는 증거야〉라고. 사샤 그 친구는 삶의 〈화신〉이었어요, 누가 뭐래도.

L 듀크 엘링턴과 사샤 디스텔만 스윙을 가진 건 물론 아닐 테죠? 스윙 하면 또 어떤 인물을 꼽을 수 있을까요?

S ······.

L 앙리 살바도르[67]는 어떤가요?

S 그렇다고 할 수 있죠. 그 반대가 맞다고 말할 수는 없으니까요. 어떨 땐 그에게서 분명 스윙이 느껴졌어요. 하지만 냇 킹 콜[68]이나 프랭크 시나트라와는 상대가 안

---

66  Alexandre 〈Sacha〉 Distel(1933~2004). 프랑스의 가수이자 재즈 기타리스트, 배우. 프랑스뿐 아니라 영국과 독일, 스페인 등에서 인기를 얻었다.

67  Henri Salvador(1917~2008). 프랑스령 기아나에서 태어난 프랑스의 가수. 형과 아마추어 밴드를 만들어 활약하기 시작했으며 후에 레이 벤투라 악단에 참가하였다. 주로 코믹한 노래를 불렀다.

68  Nat King Cole(1919~1965). 미국의 재즈 가수. 달콤한 목소리와 세련된 창법을 구사하여 대중의 인기를 얻었다.

재즈 바이올리니스트 스테판 그라펠리와 함께 작업한 미셸 르그랑의 앨범을 위한 그림,
1992년과 1996년작.

됩니다. 그들은 그 방면의 대가니까요. 재즈 음악가라면 스윙을 타야죠. 안 그러면 재즈 음악가라고 할 수 없겠죠.

L 그 말은 곧 재즈 음악가가 못 되면서 재즈를 연주하는 사람들이 많다는 뜻입니까?

S 네, 그래요. 수준 낮은 사람들이죠!

L 오늘날엔 누구에게서 제대로 된 스윙이 느껴집니까?

S 난 요즘 뮤지션들은 통 모르지만, 활동하는 사람들은 아주 많더군요. 특히 여자 가수들이 노래를 굉장히 잘 부르더라고요. 스테이시 켄트[69]라는 젊은 가수가 있는데, 굉장히 노래를 잘해요. 스테이시는 특히 폴 미스라키가 쓴 「연못L'Étang」이라는 곡을 놀라운 반주와 더불어서 아주 맛깔스럽게 부르죠. 내 마음에 쏙 들어요.

L 프랑스어로 노래 부릅니까?

S 네, 그래서 더더욱 미스라키를 위해 기쁜 일이라고 생각하죠.

L 미셸 르그랑에겐 스윙이 있습니까?

S 그야 물론이죠! 미셸 그는 모든 걸 다 갖췄어요. 그에겐 그만의 독특한 개성이 뚜렷하게 느껴지죠. 멋진 인물입니다! 그는 뭐든 다 알아요. 그는 나디아 불랑제[70]에게 클래식 음악까지 깊이 배웠습니다. 적당히 같은 건 몰랐던 나디아는 그에게 매일 편지 한 통씩 쓰게 했습니다.

L 편지라고요?

S 네, 늘 그녀와 연락을 하고 지내야 한다는 뜻에서였죠. 그에게 매일 편지를 쓰게 함으로써 일종의 규율까지 몸에 배게 한 셈이었죠!

L 아마 그 같은 규율을 잘 활용할 줄 안 미셸 르그랑의 재능도 한몫했을 테죠?

S 그는 뛰어난 선율을 만들어요. 음표 두 개만 주면 그는 그걸 가지고 곡을 써냅니다! 대단한 작곡가죠! 그는 정상급 운동선수처럼 훈련을 게을리하지 않는다고 자기 입으로 말하는데, 그 말은 곧이곧대로 믿어야 합니다! 기술적으로 볼 때, 그

---

69  Stacey Kent(1965~ ). 미국의 재즈 가수. 프랑스어로도 노래를 불러 2009년 프랑스 정부로부터 예술 문화 훈장을 수여받았다.

70  Nadia Boulanger(1887~1979). 프랑스의 작곡가이자 지휘가. 20세기 많은 작곡가와 음악가들을 가르쳤다. 보스턴 심포니 오케스트라와 뉴욕 필하모닉 등 주요 오케스트라를 지휘한 최초의 여성이기도 하다.

에게는 모든 것을 자유자재로 해낼 만한 실력이 있죠.

자크 드미[71]와 그가 이룬 성과는 엄청납니다. 드미의 노랫말은 웃기고 감칠맛이 나는데, 거기에 미셀의 가락이 더해지면 완벽한 통합체가 됩니다. 자크 드미, 그는 대단히 사랑스러운 사람이었죠. 난 그가 간직하고 있는 향수를 아꼈습니다. 그의 영화를 보면 항상 사람들이 만나요. 한 남자가 한 여자를 만났는데, 여자는 떠나가고 남자는 혼자 남게 됩니다. 두 사람은 아마 다시 만날 수도 있겠지만 그건 확실하지 않아요. 그야 때가 되면 알 수 있을 테고요. 언제나 그런 식입니다. 그의 세계는 영화 속에서 오가는 대화의 경쾌함과는 대조적으로 매우 애잔합니다…….

L 당신 그림에서처럼…….

S 그런 비교는 삼가 주세요, 제발 부탁입니다! 내가 벌써 말했듯이, 나는 건축가에

71  Jacques Demy(1931~1990). 프랑스의 영화감독이자 작사가. 1960년대 연출한 「셰르부르의 우산」과 「로슈포르의 숙녀들」로 큰 인기를 얻었다.

작곡가이자 지휘자인 미셸 마뉘의 앨범 「점묘주의적 음악Musique Tachiste」
(소설가 보리스 비앙 작사)을 위한 그림, 1959년작.

비하면 토목업자에 불과합니다. 어느 날 내가 레오나르도 다빈치 꿈을 꿨는데, 그가 내 집에 와서는 철사로 문을 땄지 뭡니까. 그의 앞에서는 아무것도 남아나지 않았어요. 내 집 현관문 열쇠 구멍을 따는 건 그에겐 식은 죽 먹기였죠. 그가 나한테 이렇게 말하더군요. 〈내 말 잘 들어 보게. 모나리자가 어떤 그림을 보더니 몹시 재미있어 하던데, 도대체 유머러스한 그림은 어떻게 그리는지 말해 보게나.〉 그래서 내가 대답했죠. 〈아니, 자네는 나를 놀리는 건가? 이 세상 최고의 천재, 이 우주가 만들어 낸 제일 위대한 천재가 나 같은 놈에게 유머러스한 그림을 어떻게 그리느냐고 묻는 게 말이 되는가 말이오. 암튼 자넨 그런 거 못 해, 자넨 천재니까. 유머러스한 그림을 그리기 위해서는 말일세, 그냥 죽자 사자 열심히 노력만 하면 되거든. 그러니 자넨 그걸 할 수가 없지, 자넨 그러기엔 너무 위대하거든.〉 다빈치는 몹시 화를 내더군요. 화가 머리끝까지 나서 가버렸어요. 그 때문에 나는 자주 잠을 설쳤습니다. 나는 천재를 화나게 하거나 그와 사이가 틀어지는 건 원하지 않았거든요. 다행히 우리 두 사람의 관계는 다시금 평화로워졌습니다만…….

〈드뷔시는
듀크 엘링턴이나 마찬가지입니다.
음 두 개만 있으면
「달빛」이 나오니까요.〉

S 거의 정기적으로 나는 금요일 저녁에 만찬을 개최하는 꿈을 꾸곤 했습니다. 내 친구들이 모두 오죠. 듀크 엘링턴은 물론이고 라벨과 드뷔시도 옵니다. 그런데 하루는 멍청한 에릭 사티[72]가 어느 인터뷰에서 평소처럼 영리한 척하면서 라벨은 레지옹 도뇌르 훈장을[73] 거부했으나, 그의 음악은 그걸 요구한다고 말했습니다. 난 그 소식을 듣고 하늘이 무너지는 것 같았습니다. 내 친구 라벨은 너무 착한데 에릭 사티가 한 말은 사실이 아니었으니까요…….

L 제대로 모욕한 거로군요.

S 네, 아주 심각한 모욕이었죠. 그래서 내가 에릭 사티에게 따졌어요. 〈자네 도대체 무슨 심보로 그런 소릴 한 건가? 라벨은 착하기 그지없는 사람인데 자네가 한 말은…… 어리석기 그지없군.〉 그랬더니 그가 〈오, 그냥 해본 소리야! 난 내가 생각하는 대로 말하니까!〉라고 대꾸하더군요. 그래서 내가 또 말했습니다. 〈이봐, 자네 때문에 난 아주 끔찍한 처지에 놓이고 말았어. 난 자네를 이 식탁에서 내쫓지도 못하고 앞으로 다시는 여기 오지 말라고도 못하지, 그건 예의가 아니니까, 하지만 그 착한 라벨이 자넬 보면 기분이 안 좋을 테니 그 생각을 하면 어째야 좋을지 모르겠네.〉 결국 나는 내가 그토록 애착을 가져왔던 그 저녁 식사를 중단할 수

---

72  Éric Satie(1866~1925). 프랑스의 작곡가이자 피아니스트. 신고전주의의 선구자로 드뷔시, 라벨 등에게 큰 영향을 미쳤다. 간결하고 순수한 음악성이 특징이다.

73  나폴레옹 1세가 제정한 프랑스 최고 훈장. 5등급으로 나뉘며 국가 공로자에게 수여한다.

가엾은 슈베르트 씨.

밖에 없었습니다. 사티 때문에…….

L 그 친구들이 모두 동시에 한자리에 모였단 말입니까? 듀크 엘링턴과 라벨, 에릭
  사티, 드뷔시까지…….

S 늘 그런 건 아니었습니다.

L 그때그때 올 수 있는 사람만 참석했다?

S 그렇죠.

L 모임 장소는 어디였습니까?

S 우리 집이었죠. 우리 집이 어디였느냐? 그건 나도 모릅니다. 아주 커다란 방이 있
  고, 거기엔 피아노들이 놓여 있었죠. 원하는 사람들은 치라고 말입니다. 피아노
  는 무엇보다도 라벨과 드뷔시 그리고 엘링턴을 위한 거였죠. 그 사람들이 기꺼이
  연주를 하고, 셋이서 끊임없이 음악에 대해 이야기를 나눴으니까요.

L 세 사람이 함께 연주하기도 했나요?

S 한 사람이 시작하면 다른 한 사람이 거기 대해서 이야기를 하고, 그러면 다른 사
  람이 그 뒤를 잇고…… 그야말로 완벽했죠!

L 그런데 사티는 언제나 그렇게 조금씩 튀려고 했군요…….

S 게다가 그는 자기가 한 말을 자랑스러워했죠.

**L** 혹시 슈베르트도 가끔 그 만찬에 초대되었습니까?

**S** 그럼요, 난 슈베르트도 무척 좋아해요. 그런데 이건 아셔야 합니다. 난 그 사람들 모두를 좋아하지만, 그래도 유난히 더 좋아하는 사람들이 더러 있는 건 사실입니다. 그 사람들이 나에게 전화를 해올 경우, 나는 어쩔 수 없이 선택을 해야 하니까요.

**L** 당신은 지금 당신이 꾸는 꿈 이야기를 하고 계신데, 조금 전에 〈나는 그 저녁 식사를 중단할 수밖에 없었다〉고 말했죠. 당신은 꿈도 꾸었다 안 꾸었다 마음대로 정할 수 있나요?

**S** 그 꿈은 사실 내가, 뭐랄까, 도발을 해야 했으니까요! 솔직히 나한테도 상당히 괴로웠습니다. 꿈꾸는 동안 내내 나는 〈말도 안 돼, 너도 이건 불가능하다는 걸 잘

알잖아……. 그 사람들은 이미 다 죽었어〉 같은 말들이 마치 영화에서 화면 밖의 목소리처럼 들려왔거든요. 그러니 당연히 힘들었죠.

L 당신을 현실로 이끌어 주는 그 화면 밖 목소리에도 불구하고, 당신은 그 꿈이 지속되도록 최선을 다했습니까?

S 그럼요, 물론이죠! 아주 근사했거든요! 내 꿈이 실현되는 것 같았으니까…….

L 〈그 꿈은 사실 내가 도발을 해야 했다〉는 건 무슨 뜻입니까?

S 잠들기 전에 나는 그 같은 저녁 식사 자리를 상상하고, 여러 상황을 지어내 봤죠. 그렇게 하지 않으면 잠이 오지 않았거든요. 그 때문에 난 그것이 내가 지어낸 건지 꿈을 꾼 건지 확실하게 잘 알 수가 없어요.

L 여하튼 당신이 꾸길 원하는 꿈이로군요.

S 네, 그렇죠! 그게 현실이기를 바라는 희망에 따른 꿈…….

L 드뷔시, 라벨, 사티…… 이들이 당신의 3인방인가요?

S 아니죠. 나에게 제일 위대한 3인은 드뷔시, 라벨, 듀크 엘링턴이죠.

L 그러니까 난 클래식 음악을 두고 말하는 겁니다.

S 클래식 음악이다, 아니다 같은 구분은 없습니다!

L 아, 그래요?

S 네, 없어요. 드뷔시는 클래식 음악이 아니라 그냥 음악입니다! 마찬가지로, 엘링턴과 라벨 사이엔 아무런 차별도 있을 수 없습니다. 엘링턴은 라벨을 경탄해 마지않았고, 그의 동료이자 친구였던 빌리 스트레이혼[74]이 어느 날 가슴 저미는 애수로 가득 찬 근사한 곡을 하나 지었습니다. 제목이 「연꽃Lotus Blossom」이었던 것 같은데, 암튼 그 곡은 라벨의 색채가 아주 진한 곡이었죠. 또, 머리가 나쁘지 않지만 성질은 고약했던 스트라빈스키는 언젠가 신속하게 찰리 파커[75]의 곡에 대한 즉흥 연주곡을 쓰려다가 결국 포기했습니다. 그 곡을 제대로 따라갈 수가 없었던 거죠. 딱 잘라 말합시다, 당신이 어떤 논리나 질문을 제시하건 내 생각은 바뀌지

---

74 Billy Strayhorn(1915~1967). 미국의 재즈 작곡가이자 피아니스트. 듀크 엘링턴 밴드에서 30년간 함께 노래를 만들고 연주했다.

75 Charlie Parker(1920~1955). 미국의 재즈 알토 색소폰 연주자로 디지 길레스피와 함께 〈비밥〉을 창시했다. 비밥은 다채로운 리듬, 복잡한 멜로디와 화성이 특징이다.

않습니다!

L 드뷔시에 대해서 당신은 제안의 음악, 암시의 음악이라고 했던가요?

S 드뷔시는 듀크 엘링턴이나 마찬가지입니다. 음 두 개만 있으면 「달빛」이 나오니까요. 그러면 당신은 그걸로 끝이죠. 더 이상 그 자리에 없다니까요. 자기가 어디에 있는지조차 모르게 되어 버린다고요. 무언가에 흘려서 어디론가 끌려가는 거죠……. 우리의 위대한 친구 베르메르가 그린 「우유 따르는 여인」과도 그랬던 것처럼 말입니다! 게다가, 내 기억에, 아마도 두 사람은 같이 작업한 적도 있을 걸요!

L 그 「달빛」 말입니다. 당신도 연주할 수 있나요?

S 이웃에 한 여성이 사는데, 요새는 파리를 벗어나서 일을 합니다. 가수인데 아주 사랑스러운 사람이죠. 하루는 그녀가 우리 집에 왔는데, 겨드랑이에 악보를 하나 끼고 왔더라고요. 드뷔시의 「달빛」이었습니다. 그래서 내가 〈아니, 당신, 완전히 정신이 나간 모양입니다! 나더러 그걸 가지고 어쩌란 말입니까〉? 그녀가 이렇게 대답했어요. 〈곧 아시게 될 테지만, 그저 바라보기만 하세요. 내가 어떻게 하는지, 어느 건반을 눌러야 하는지, 손가락을 어떻게 움직이는지 보여 드릴게요.〉 그러더니 그녀가 결국 나에게 그 곡을 치게 했어요. 더듬더듬 쳤지만 그래도 「달빛」을 처음부터 끝까지 다 쳤다, 이런 말이죠. 얼마나 기뻤던지! (그가 곡조를 흥얼거린다) 끝까지 다 쳤단 말입니다. 나 스스로도 믿을 수 없었죠.

L 너무 아름다운 곡이죠…….

S 오, 완전…… 걸작이죠! 난 상송 프랑수아를 늘 좋아했는데, 그게 그러니까 그가 라디오에 나와서 그 곡이 프랑스 음악이 낳은 정수 가운데 하나라고 말하는 걸 내가 들은 후부터였던 것 같아요.

L 당신은 그러면 새로운 상송 프랑수아가 되는 겁니까?

S (박장대소) 그런 셈이로군요. 하지만 이 건물 안에서만 그렇죠! 그것도 내 이웃, 성악 선생님이 내 옆에 있을 때만 그런 거죠.

L 라벨의 곡은 연주 안 하십니까?

S 이제 나는 그만 놀리고, 「다프니스와 클로에Daphnis et Chloé」[76]나 들어보시죠. 도입

---

76  라벨이 1909년부터 1912년에 만든 발레 모음곡.

부에서 우리는 음악가들이 차례로 등장한다는 느낌을 받죠. 얼마간 시간이 지나면 출연자들이 모두 모입니다. 이제 본격적으로 뭔가가 시작되려나 보다는 기분이 들 때 라벨 영감은 음악적 쓰나미를 일으킵니다. 물결이 점점 높아져서 에펠탑만큼 치솟으면 당신은 그 소용돌이에 빨려 들어갑니다. 아주 굉장한 거죠. 엘링턴, 스탠 켄턴[77]을 비롯한 많은 사람이 청중을 구름으로 데려가는 이러한 주제에 열광했습니다.

L 당신이 보기에 다른 어떤 작곡가도 그 정도로 마음에 들지는 않습니까, 심지어 바흐도?

S 우리가 서로 알고 지낸 이후 당신도 눈치챘겠지만, 난 둘로 갈라져 있습니다. 나는 한편으로는 완전히 노망들고 머리가 약간 돈 것 같고, 다른 한편으로는 그래도 상당히 진지한 면이 있죠.

L 거의 합리적이라고 할 만큼…… 과장을 하면 안 되겠지만 그래도 거의…….

S 바흐로 말하자면, 난 그의 음악에 미치기엔 너무 정신이 나간 사람입니다. 바흐는 정말로 경이롭고 완벽하지만 말입니다. 그가 지은 단순한 음악, 심지어 어린이들조차도 「예수, 나의 기쁨」을 연주할 정도니만큼, 그런 음악은 정말 아름답고 정말 단순하므로, 당신이 나를 놀리지는 않으셨으면 좋겠습니다만, 내가 보기에 완전히 성공적인 멜로디라고 할 수 있죠. 바흐는 성공적인 선율을 썼습니다. 아주 좋아요. 정말로 브라보감이죠……. 그렇긴 한데, 노랫말을 보자면…….

L 그러니까 요한 제바스티안 바흐의 선율에 샤를 트레네식 노랫말을 얹고 싶은 거로군요, 맞습니까?

S (웃음) 아시다시피 난 무슨 위계질서니 서열 같은 건 모르는 사람입니다. 나는 범주 같은 것도 완전히 무시하죠. 그리고 그렇게 하는 게 좋아요.

L 모차르트는?

S 경이로운 천재인 모차르트의 마음을 상하게 하고 싶지는 않지만, 난 솔직히 그의 음악엔 전혀 관심이 없음을 고백하겠습니다. 물론 좋은 음악이지만, 「우유 따

---

77 Stan Kenton(1912~1979). 미국의 모던 재즈 작곡가, 지휘자, 피아니스트. 진보적 재즈를 내세우며 재즈와 근대 음악의 합성을 시도하였다.

르는 여인」을 「게르니카」에 비교할 순 없지 않겠습니까. 참고로 난 「게르니카」를 좋아하지 않습니다.

**L** 쇼팽은?

**S** 좋죠. 언젠가 TV에서 호로비츠가 그 유명한 폴로네즈[78]를 연주하는 걸 봤습니다. 아주 근사하더군요. (그가 곡조를 흥얼거리면서 톡톡 박자를 맞춘다)

**L** 하지만 그 저녁 식사에 쇼팽을 초대할 마음은 없나요?

**S** 웬걸요, 그리고 싶죠! 나쁘지 않으니까요. 그가 나쁘지 않다는 증거는 그의 자발성입니다. 조르주 상드와 같이 산 것만 봐도 그에겐 솟구치는 힘이 있어요.[79]

**L** 그의 음악에서도 나타납니까?

**S** 그건 잘 모르겠습니다.

**L** 리스트[80]보다 낫습니까?

**S** 그럼요! 한데, 리스트도 놀랍습니다. 아주 멋져요. 뭐랄까…… 마치 당신이 나에게 마티스의 일부 작품들이 모네의 일부 작품들보다 낫지 않느냐고 묻는 것 같다고 할까요. 그러면 난 멍청이처럼 그렇다고 대답하는 수밖에요! 아마 무슨 말인지 잘 이해했을 겁니다. 당신의 질문을 떠나서, 아마 그런 질문을 계속한다면 난 결국 짜증이 날 터인데, 장담하거니와, 난 그 모든 음악가를 다 좋아해요. 하지만 내가 더 선호하는 사람들은 따로 있다, 이런 말이죠.

---

78  폴란드식 춤곡으로 4분의3 박자의 느린 곡.

79  프랑스 낭만주의 문학을 대표하는 소설가 상드는 쇼팽과 모성애적 연애 사건으로 유명하다. 쇼팽의 전성기를 뒷받침해 준 그녀 덕분에 이 시기에 쇼팽의 명작들이 탄생했다.

80  Franz Liszt(1811~1886). 헝가리의 피아니스트이자 작곡가. 낭만파의 대표적 연주자로 베를리오즈를 계승하여 표제가 달린 교향시곡의 형식을 확립하였다.

〈전문가라는 사람들은
내가 베르디보다 푸치니를 좋아한다고 하면
나를 비웃겠지만 그래도 난 푸치니의 경쾌함이
더 좋으니 어쩌겠습니까.〉

L 당신은 오페라에도 흥미를 느끼나요? 오페라를 들으면 감동하나요? 즐겁나요?

S 난 오페라의 열성 팬은 아닙니다……. 틀림없이 내가 그 분야의 전문 지식을 가진 사람이 아니라서 그럴 겁니다. 엑상프로방스에서 두 번인가 갔던 것 같던 걸로 기억합니다.[81] 유령을 두려워하는 어린아이들을 주제로 한 벤저민 브리튼[82]의 오페라 「나사의 회전The Turn of the Screw」에 대한 기억은 또렷해요. 매혹적이었습니다. 그리고 나는 푸치니와 그의 조화로운 대담성을 좋아합니다. 「라 보엠La bo-hème」에 등장하는 미미와 그녀의 비극적 운명에 가슴이 아프죠. 정말이지 난 푸치니를 좋아해요.

L 베르디는 어떻습니까?

S 좋아요. 하지만 푸치니는…… 랄라라. (그가 노래를 부른다) 전문가라는 사람들은 내가 베르디보다 푸치니를 좋아한다고 하면 나를 비웃겠지만 그래도 난 푸치니의 경쾌함이 더 좋으니 어쩌겠습니까.

L 짐작컨대 당신은 바그너의 오페라 팬은 아닌 것 같군요.

S 제대로 잘 보셨습니다!

L 모차르트의 오페라는 어떻습니까?

---

81  프랑스 남부인 이곳에서는 주로 모차르트의 오페라 또는 바로크 오페라가 재연되는 엑상프로방스 음악제가 열린다.

82  Benjamin Britten(1913~1976). 현대 영국을 대표하는 작곡가로, 현대 감각이 넘치는 신선한 작품을 만들었다.

**S** 그 모차르트란 작자는 사람을 환장하게 만듭니다. 파파게노의 아리아는 그래도 나쁘지 않아요. 그런데 내가 정말 싫어하는 사람을 꼽으라면, 바로 로렌조 다 폰테입니다. 모차르트의 대본가죠. 이런 말은 하지 않는 편이 나을 것 같긴 한데, 아무튼 「여자는 다 그래Così fan tutte」 같은 작품은 정말로 믿기 어려울 정도로 멍청합니다! 그런데 솔직히 터놓고 말해서, 오페라는 내 관심사가 아닙니다. 대부분의 경우, 공연장에 앉아 있으면 웃음이 터져 나오려고 하거든요! 무대 의상과 무대 장치들도 때로는 우스꽝스럽기 짝이 없습니다만, 그래도 난 항상 유보적이죠. 사실, 내가 좋아하는 것들만으로도 나한테는 충분합니다.

**L** 호기심 결여라고 진단해도 됩니까?

**S** 여성의 매력과도 유사한 거죠. 부인이 있는 앞에서 당신이 한 남자를 가리켜서, 그는 호기심이 없는 남자라 다른 여자들을 따라다니지도 않고 부인으로만 만족한다고 말하면, 아마 그 부인은 흡족해하지 않을 겁니다. 남자도 마찬가지일 테고요……. 그건 그렇다 치고, 죄송합니다만, 난 나의 세 친구, 엘링턴과 드뷔시, 라벨만으로도 충분히 행복합니다. 나의 진정한 열정은, 너무 소소하다고 여길 수도 있겠으나 재즈곡들과 몇몇 클래식입니다. 내 대답이 당신을 놀라게 하거나 짜증 나게 할 수도 있을 테지만, 어쩔 수 없습니다. 그게 나의 선택이니까요!

148

〈내가 아니라 드뷔시를 인터뷰해야
한다는 것도 모르니 말이오.〉

L 혹시 최초로 뮤지션들을 그렸을 때를 기억하나요?

S 뮤지션들에 대한 그림이라고요?

L 아니면 음악에 대한 그림이라도 좋고…….

S 내가 오래도록 보관하고 있었는데, 결국 분실했어요. 악기를 팔던 상점 앞을 고양이가 지나가는 그림이었죠. 내용이라곤 그게 전부였어요.

L 당신은 음악에 대해서 더 감탄합니까, 아니면 음악가들에 대해서입니까?

S 오랫동안 나는 내가 음악가들을 흠모한다고 주장해 왔죠. 그런데 세월이 흘러감에 따라 나는 그게 부조리하기 짝이 없는 생각임을 깨달았습니다. 음악이 없다면, 음악가들도 없지 않습니까!

L 하지만 뮤지션들이 없다면 음악은 그저 종이 위에 적힌 음표에 지나지 않을 테죠. 그걸 해석하는 데 수백, 수천의 방식이 있지 않습니까.

S 그렇다면 나는 음악만큼 음악가를 좋아한다고 말해야겠군요. 그래도 음악가들에게 약간 더 많은 감탄을 보낸다고 덧붙이겠습니다.

L 당신이 그림으로 그리는 뮤지션들이겠죠.

S 거리에서 어깨에 바이올린을 메고 가는 학생이나 콘트라바스 혹은 기타를 들고 가는 청년을 볼 때마다 나는 항상 가슴이 찡합니다. 그 젊은이들은 음악을 등에 짊어지고 다닙니다. 나는 그들이 자기 악기와 씨름하며 보내는 무수히 많은 시간을 생각하게 되죠.

L 당신은 또 순회공연 중인 그들의 모습도 상상했죠.

S 바흐가 마차를 타고 이제 막 작곡한 신곡을 갖고, 자신을 고용한 공작에게 들려 주러 간다고 상상해 보십시오. 근사하지 않습니까.

L 요즘 음악가들은 마차보다는 기차나 버스 편으로 이동합니다만…….

S 그 또한 멋지죠. 서너 명이 모여서 작은 그룹을 형성하여 로모랑탱이나 드라기냥 지방의 연회실에서 연주하기 위한 여행에 오른다니, 음악이 맺어 주는 그 작은 공동체를 생각만 해도 나는 기분이 좋아집니다!

L 오케스트라나 기차역 플랫폼에서 연주하는 자들이 반드시 명인들이 아니라고 해도 그렇습니까?

S 나는 뭐든 시도해 보는 사람들에 대해 크나큰 애정을 갖고 있습니다. 비록 결과 가 천재 수준은 아니더라도 말입니다. 본인이 색소폰 연주자라고 믿는 신사, 쩔 쩔매며 악보를 읽어 가는 어린 소녀, 제 키만 한 첼로와 마주보고 있는 사내아이, 이들 모두가 강렬하게 내 마음을 뒤흔듭니다.

L 당신과 닮아서인가요?

S (침묵) 꼭 그렇진 않습니다. 그들은 연습을 많이 하니까요! 그렇지만 난 나 자신 도 이 소그룹의 일원이었다면 얼마나 좋았을까 생각하죠. 난 늘 작업대 앞에서 혼자 그림 그리니까요.

L 당신은 연습 중이거나 연주회가 끝나서 인사하는 오케스트라도 참 자주 그렸죠.

S 난 당신이 방금 언급했고, 세상에도 널리, 어쩌면 지나치게 널리 소개되었다 싶 은 그 그림을 내가 정말로 좋아하는지 확신이 서지 않습니다. 아주 못 그렸거든 요! 그래서 다시 그려 보았지만, 결과는 여전히 성공적이지 못합니다.

L 당신은 그 오케스트라의 어떤 구성원에게 제일 깊은 정을 느낍니까?

S 모두에게죠. 바이올린 악장을 가리키면서 겸손함을 보여 주는 지휘자, 지휘자에 게 질세라 공을 제2 바이올린에게 돌리는 바이올린 악장, 첼로 주자들을 가리키 는 제2 바이올린 주자, 자기 옆의 또 다른 첼로 주자를 가리키는 첼리스트…… 나는 특별히 선호하는 연주자가 없습니다. 그들은 모두 서로에게 친절하죠.

L 제일 뒷줄에서 트라이앵글을 치는 타악기 주자에 이르기까지 모두…….

S 네, 제일 윗줄에서 수줍어하는 막내 주자는 언제나 나에게 감동을 줍니다. 만일 당신이 카라얀[83]의 지휘에 따라 트라이앵글을 쳐야 한다면, 그건 절대 쉬운 일이

154

아닐 겁니다, 내 짐작이지만.

**L** 당신은 재즈 음악가들도 많이 그렸습니다. 심지어 듀크 엘링턴도 여러 장 그렸죠! 마치 자신의 우상에게 경의를 표하기라도 하듯 말입니다.

**S** 경의라는 말은 좀 과하다 싶군요. 나라면 그저 힘들게 똑같은 그림을 자꾸 반복해서 그리는 어린아이의 그림 같다고 표현하겠습니다. 듀크 엘링턴의 동생을 만났을 때 난 솔직히 많이 당황스러웠습니다. 출판사에서 그녀가 보러 온 전시회에 듀크 엘링턴의 초상화를 두어 장 걸어 두었기 때문이었어요. 그 그림들은 내가 그린 건 확실한데, 그다지 신통치 않았거든요. 그래도 동생은 아주 마음에 든다고 했어요. 예의상 한 말이었을 테죠. 난 그래서 끔찍할 정도로 거북했습니다. 나는 또 언젠가 카운트 베이시도 그렸습니다……. 그게 그러니까 거의 그를 그렸다, 이런 말이죠. 그 그림들은 그다지 내세울 만하지 못합니다. 내가 기분이 좋았

---

83　Herbert von Karajan(1908~1898). 오스트리아의 지휘자. 오케스트라의 기능을 최고도로 세련시키고 유려한 연주로 절대적인 연주 효과를 달성하였다.

던 날, 즉흥적으로 내가 좋아하는 나의 우상들의 얼굴을 다시 보고 싶어서 시작한 그림들이었습니다만…….

L 또, 음악 하는 아이들 그림도 퍽 많이 그리셨죠. 그런데 그 아이들은 강제로 바이올린이나 피아노를 연주하고 있긴 하지만 어쩐지 축구를 하러 나가고 싶어 하는 것 같다는 느낌을 주더군요.

S 당신은 내가, 지금이야 비록 늙은 두꺼비에 지나지 않지만, 피아노 앞에서 레 음을 잘 치려고 몇 시간이고 땀을 흘린 적이 있을 리 없다고 믿으시는 모양입니다. 물론 내가 정확한 음을 만들어 내기보다는 푹 쉬는 쪽을 훨씬 좋아했을 테지만 말입니다!

L 당신이 그리는 그 아이들은 당신과 닮았습니까?

S 네, 그럼요. 하지만 내가 아는 모든 음악가는, 천재였던 에럴 가너[84]를 제외하고는 — 그는 모차르트처럼 한 번도 제대로 배운 적이 없는 데도 기막히게 연주했습니다 — 모두 한결같이 만일 강제로 연습을 시키고 연주하게 하지 않았다면, 결코 음악가가 될 수 없었으리라고 장담하더군요!

L 합창단은 당신에게 인상적인가요?

S 여러 형태의 중창단들이 있죠. 가령 4중창단 같은 걸 나는 무척 좋아합니다. 대체로 미국 사람들이죠. 하루는 〈레 부아 뒤 리듬〉이라는 이름을 가진 벨기에 중창단을 만났는데, 이들은 레이 벤투라가 새로 조직한 악단과 자주 녹음을 했죠. 덕분에 난 그들의 연주를 자주 들었습니다.

L 아, 내 질문은 그런 중창단보다는 요즈음 동네나 교구마다 있는 아마추어 합창단에 대한 것이었습니다.

S 함께 모여서 노래 부르기로 결심한 이들을 보면 난 무척 감동받습니다. 쉬운 일이 아니거든요. 우선 음악을 알아야 하고, 틀리면 안 되고……. 내가 아는 여자 한 분도 합창단원이죠. 그 친구는 뮌헨 오케스트라에서 바이올린을 연주하는 주자와 함께 여기 와서 연주하고 노래 불렀어요.

---

84  Erroll Garner(1921~1977). 미국의 재즈 피아노 연주가이자 작곡가. 뛰어난 리듬감이 밑바탕이 된 그의 주법은 스윙 시대 연주 스타일에 많은 영향을 끼쳤다

L 그렇다면 당신께서 당연히 피아노 반주를 했겠군요?

S 그처럼 대놓고 나의 부족한 역량을 놀리는 건 예의에 어긋난다는 사실을 내가 굳이 상기시켜 드릴 필요는 없을 것 같습니다만…….

L 계속 질문하겠습니다! 당신은 악기도 자전거만큼이나 잘 못 그립니다. 실물을 전혀 고려하지 않고 그립니까?

S 아, 그래요? 맞아요! 그 말을 들으니 나에게 편지를 보낸 굉장히 호감 가는 한 신사가 생각나는군요. 내가 몇 년 동안 끈질기게 붙잡고 있던 책 — 제목이『파리 스케치』였죠 — 을 막 출판하고 났을 때였습니다. 그 매력적인 신사의 편지는 이런 내용이었습니다. ⟨나는 당신의 책을 샀고, 그래서 매우 기뻤습니다. 당신이 에펠탑을 싫어하기 때문에 그걸 심술 사납게 그린다는 걸 알게 되니 더 축하드리고 싶어집니다.⟩ 참으로 친절한 분이죠. 그는 어쩌면 그렇게 에펠탑을 못 그렸느냐고 말하지 않았으니까요. 실제로는 그 말이 하고 싶었을 텐데 말이죠. 그런데 사실 난 에펠탑을 아주 좋아합니다.「모나리자」처럼, 퐁데자르처럼 좋아하죠. 그런 건 다 내가 좋아하는 것들인데, 누군가가 그게 제대로 그려지지 않았다고 말한다면, 그건 말한 사람이 심술 사나워서 그렇다기보다 나에게 더 잘할 역량이 부족하거나 달리 어찌 해볼 도리가 없기 때문일 겁니다.

L 당신은 현실을 그대로 복사해서 그리기보다는 암시하는 편을 선호하나요?

S 네. 내 클라리넷들은 정확하지 않고, 내 자전거들은 굴러가지 못합니다! 나라고 그런 게 자랑스럽진 않지만, 어쨌거나 난 내가 할 수 있는 걸 할 뿐입니다. 그건 확실해요!

L 그렇다면 그게 당신이 실재를 해석하는 방식이라고 말해도 될까요?

S 그건 먹물들이 하는 소리죠. 만일 당신이 사랑하는 여인에게 ⟨나는 당신을 사랑하오⟩라고 쓴다면, 그 ⟨나는 당신을 사랑하오⟩라는 문장 안에 모든 것이 다 담기도록 궁리를 해야 할 것입니다. 그렇지 않으면 당신이 쓴 ⟨나는 당신을 사랑하오⟩는 실패로 끝날 위험이 있으니까요. 그래서 사는 게 그다지도 힘든 겁니다.

L 그렇다면 당신은 당신의 그림 속에 모든 것을 담으려고 노력합니까?

S 나는 한낱 토목공에 지나지 않으며, 한가한 틈을 이용해서 당신과 한담을 나누는 중이라는 사실을 잊지 말아 주십시오. 더구나 나는 당신에게 ⟨아니 이보시오, 당

161

신은 완전히 정신이 나갔구려. 내가 아니라 드뷔시를 인터뷰해야 한다는 것도 모
르니 말이오)라고는 차마 말을 하지 못한다는 사실도 말입니다.

L 내가 들은 바로는, 그는 시간이 안 된다더군요, 안 그랬으면 나도 드뷔시를 택했
을 텐데 말입니다.

S 그것 참 유감이로군요.

22/40.

sempé.

조엘 샤리오, 모니크 르카르팡티에, 이자벨 롱동, 안 바케와 알랭 수숑에게 감사의 말을 전합니다.

이미지 출처

123면: 미셸 르그랑이 음악을 맡고 자크 드미가 연출한 코미디 뮤지컬 「셰르부르의 우산」의 포스터 그림(무대 장식은 장자크 상페와 뱅상 비토즈, 의상은 바네사 세와르드), 샤틀레 극장, 2015년.

옮긴이 **양영란**

서울대학교 불어불문학과와 동 대학원을 졸업하고, 프랑스 파리 3대학에서 불문학 박사 과정을 수료했다. 『코리아헤럴드』 기자와 『시사저널』 파리 통신원을 지냈다. 옮긴 책으로 『잠수복과 나비』, 『지금 이 순간』, 『상페의 어린 시절』, 『진정한 우정』, 『꾸뻬 씨의 핑크색 안경』, 『아가씨와 밤』, 『작가들의 비밀스러운 삶』, 『철학자의 식탁』 등이 있다.

## 상페의 음악

**지은이** 장자크 상페  **옮긴이** 양영란  **발행인** 홍지웅·홍유진  **발행처** 미메시스
**주소** 경기도 파주시 문발로 253 파주출판도시  **대표전화** 031-955-4000  **팩스** 031-955-4004
**홈페이지** www.openbooks.co.kr  **e-mail** webmaster@openbooks.co.kr
Copyright (C) 미메시스, 2020, *Printed in Korea.*
**ISBN** 979-11-5535-237-3 03860  **발행일** 2020년 10월 15일 초판 1쇄  2020년 12월 25일 초판 2쇄

이 도서의 국립중앙도서관 출판예정도서목록(CIP)은 서지정보유통지원시스템 홈페이지(http://seoji.nl.go.kr)와
국가자료종합목록시스템(http://www.nl.go.kr/kolisnet)에서 이용하실 수 있습니다. (CIP제어번호:CIP2020039958)

**미메시스는 열린책들의 예술서 전문 브랜드입니다.**